プレイボーイ公爵

トレイシー・シンクレア
河相玲子 訳

ハーレクイン
SP文庫

GRAND PRIZE WINNER!

by Tracy Sinclair

Published by Harlequin Japan,
a Division of K.K. HarperCollins Japan, 2023

トレイシー・シンクレア

シルエットで50作以上のロマンスを書き、ほかにも多くの雑誌や新聞に寄稿。フォト・ジャーナリストをしていたおかげで、災難も含めて数々の冒険を体験できたという。世界中を旅して得られたさまざまな経験をロマンス小説の執筆に生かしている。

◆主要登場人物

ケリー・マコーミック……………………元銀行貸付係。
クルト・ルーデンドルフ…………………男爵。
マグダ・シラー……………………………クルトのガールフレンド。
ヘンリエッタ・フォン・ドルンベルゲル……伯爵夫人。
ハインリッヒ………………………………ヘンリエッタの夫。伯爵。
エーリック・フォン・グライル・ウント・タスブルク……ヘンリエッタの友人。公爵。
エリザベス・クロネンブルク……………エーリックの知人。
エミー・マリーン・ロススタイン………ヘンリエッタの友人。男爵令嬢。
スタブロス・セオポリス…………………エミーのボーイフレンド。ギリシャの海運王。
ジゼルとエルンスト・ロススタイン……エミーの両親。男爵夫妻。
ナイルズ・ウエストベリー………………ヘンリエッタの友人。イギリス人留学生。

1

空港の搭乗ゲートの係員がマイクを手にすると、その前で待っていた乗客たちはいそいそと荷物を手にし始めた。

「みなさま、おはようございます」女性係員が愛想よくアナウンスを始めた。「ただ今より、ウィーン行き六二一便の搭乗を開始いたします。ファーストクラスにご搭乗のお客さまは、ゲート前にお集まりください。二一列から五〇列までのお席のお客さまは、搭乗券をお手もとにご用意になってお待ちくださいませ。ご搭乗ありがとうございます」

ケリー・マコーミックは、開いたドアをめがけて殺到する人の群れに押されながら搭乗口へと向かった。本当にヨーロッパへ行くんだわ！　夢みたい。宝くじがあたったときも信じられなかったけど、それは今も同じだ。

ファーストクラスの乗客は一二人ほどで、ひとつひとつの座席がまるで安楽椅子のようにゆったりしている。ケリーが席につくと、出迎えた客室乗務員が、コートをクローゼットにかけに行った。それから二、三分後、今度は大きなメニューと小さなメニューを持って戻ってきた。

「離陸いたしましたら、すぐにお飲み物をお持ちいたします」

ランチのメニューは六種類用意されていた。前菜はキャビアとスモークサーモン、雉《きじ》のパテの盛りあわせだ。スープとサラダのあとは、メインディッシュが三品に、チーズとフルーツ、イチゴのケーキ、コーヒーとプチフールと続いている。

ケリーが胸を躍らせてメニューに見とれていると、隣の席に男性が座った。ブロンドの髪にブルーの瞳、鼻は高く、仕立てのよいキャメルのジャケットががっしりした肩を包んでいる。

飛行機はまだエンジンも動いていないけれども、やっぱりこうしてよかったわ、とケリーは心から思った。ファーストクラスに大金を払うなんてばかげていると、みんな口をそろえて言ったのだ。エコノミークラスなら同じ時間でウィーンに行くのに四分の一の費用ですむのに、と。

それでもケリーの意志はかたかった。一生に一度の贅沢《ぜいたく》、と心に決めていたのだ。二七歳、扶養家族もなければ借金もない。これまでは平凡な毎日が続いていたけれど、これは夢の旅だ。最高のホテル、一流のレストラン、ショッピング……すべて楽しまなくては。

〝賞金はたった五万ドルよ。一等があたったわけでもあるまいし〟友だちのマリナはそう言って、たしなめたものだ。〝コンドミニアムの頭金にするとか、配当のつく非課税の国公債に投資するとか、もっと賢い使い道があるんじゃない？〟

〝だってこんな贅沢ができるの、初めてですもの〟ケリーはそう言って笑った。〝平凡な会社勤め以外の世界を見たいと思ったことない？〟

〝そりゃみんなそう思うけれど、本当にそうする人はいないわ〟

〝なかにはいるわ。新大陸を発見するのはそういう人たちなのよ〟

〝残念ながら、もう大陸は全部発見されてしまったの。お金を使い果たしたら、なにもあとに残らないのよ〟

ケリーはそれ以上マリナと言い争おうとは思わなかった。きっとこの旅は人生を変えてくれる、と信じていたから。たとえ変わらなくても、ほんのひととき夢を見せてくれる、と。それぐらいの権利は誰にだってあるもの。

そのときふと、隣の男性が、興味津々の視線をこちらに向けているのに気がついた。ケリーのつややかな黒い髪に卵形の顔、長いまつげに縁どられたバイオレットブルーの瞳をじっと見つめている。それからしなやかなからだからほっそりした長い足にと、あくまで控えめだが感心したように視線を走らせていった。

旅行のためにコーラルピンクのニットドレスを買ってよかった、とケリーは思った。飛行機のなかでの出会いからなにかが発展するとは思わないけれど、こんな上品な男性にはいい印象を持ってもらいたいもの。

「きっとフライトは順調ですよ」隣の男性が声をかけてきた。「天候もいいらしいし」

「まあ、よかったわ」そうケリーは答えたが、どんな悪天候でもこの楽しさは変わらないと思っていた。

「長旅だから、それだけでも助かりますよね？　ぼくは時間がもったいなくていつもコンコルドなんですが、あれはいいですよ。今回はスケジュールと合わなかったからしかたないけど」

「まあ、それは残念でしたわね」ケリーはつぶやいた。

「いや、それほどでもないですよ」彼の目がきらりと光った。「いつも隣になるのは年配の未亡人ばかりですから、あなたのような方でよかった。ぼくはクルト・ルーデンドルフ男爵。旅のお相手を務めさせていただきます」

男爵、本物の男爵ですって！　うれしそうな顔をしてないといいけど、とケリーは思った。これまでのところは、なにもかも夢見たとおりだ。

「ウィーンへはお仕事、それとも旅行ですか？」ケリーも名前を名のると、クルトはきいた。

「旅行です。ウィーンは初めてなんです」

「それは驚いた」そうクルトは言ったが、優しい笑顔のせいで嫌味には響かない。「一度ウィーンを訪れたら、パリやロンドンあたりで時間を無駄に過ごしたことを後悔しますよ」

そのどちらにも行ったことがないとケリーが言う前に、飛行機は滑走路を走り始めた。窓の外に広がるロサンゼルスの街が豆粒のように小さくなっていくのを眺めているうちに、わくわくするような興奮がからだ中に広がっていく。街がはるか下のほうにぼんやりかすんだころ、客室乗務員が飲み物の注文を聞きにやってきた。

ケリーは迷わずに答えた。「シャンペンをお願いします」

クルトは小さなほうのメニューを見ると、顔をしかめた。「輸入物のシャンペンは見あたらないが」

「アメリカ国産の最高級のシャンペンをご用意いたしております」客室乗務員が答える。

「お試しになってみてはいかがでしょう?」

クルトは苦々しげに顔をしかめると、高級なスコッチを注文した。

客室乗務員がいなくなると、彼はケリーを振り返った。「最近の航空会社の経費節約はひどいものだな」

「わたしにはそれでも贅沢ですわ」

クルトは片方の眉をつりあげた。「きみはとても寛大なんだね」

「ええ、まあ」ケリーはあいまいに答えると、話題を変えた。「ウィーンではシェーンブルン宮殿とウィーンの森のほかには、どんなところを見たらいいか教えていただけます？」

「観光名所で時間を無駄にするのはどうかと思うな。ひどい身なりで肩からカメラをぶらさげた人であふれているから」

ケリーは新品のカメラの入ったバッグにちらっと目をやった。「仕方ないわ。名所を見ないでは帰れそうにありませんもの。でも、ほかにどこかおすすめはあります？」

「そうだな、もちろん、まずオペラだろうな。そしてリンク通りの高級店街。泊まるのはメトロポール・グランド・ホテルかい？」クルトはウィーンの最高級のホテルの名をあげる。ケリーがうなずくと、彼は言った。「玄関を出たらすぐ目の前がヨーロッパの最高級店街だよ」客室乗務員が飲み物を持ってくると、クルトはグラスを軽くあげて乾杯をした。

「ウィーンへの記念すべき旅のために」

ケリーはにっこり笑った。「旅に乾杯」そしてシャンペンをぐっと飲みこんだ。

「どれくらい滞在する予定？」クルトは聞いた。

「特に決めていないんです。できればそれからパリとローマへも行きたいけれど、どのくらいウィーンにいるかによるわ」

「長くいてくれるように祈ってるよ」クルトがつぶやく。

「時間は全部わたしのものよ」ケリーは明るく言った。

「それは運がいいな。好きなことをする贅沢は、誰にでも手に入れられるものじゃないから」

「ええ」ケリーがシャンペンを飲み干すと、客室乗務員が注《つ》ぎにやってきた。「今度の旅は長年の夢がかなったんです。こんなに自由になったのは、生まれて初めてよ。まるで鳥みたい」

「誰かと別れたのかい?」クルトはそっと尋ねた。

「ええ、まあ。でも、あなたが思っていらっしゃるようなことじゃないけど。無期限に休職することにしたんです。みんなびっくりしてたわ。いい仕事だったけど、あまりにも退屈なんですもの。おもしろいところへ旅行して、うんと贅沢をしたいの」

いつものケリーなら、こんな見ず知らずの男性に打ちあけ話をしたりしないが、慣れないシャンペンのせいで口が軽くなっている。

クルトはちょっとけげんそうな顔で彼女を見た。「どんな仕事だい?」

「銀行の貸付担当よ」

「そう」答えを聞いて、クルトは明らかに興ざめしたようだ。

「あなたのお仕事は?」

「あれこれと」ケリーが聞きたそうにしているのを見て、クルトはしぶしぶ先を続けた。

「アンティークの売買とか」

「おもしろそうね。わたしもアンティークショップを見て歩くのが大好きなんです。埃《ほこり》まみれなほどいいわ」

「ぼくの専門はちょっと違ってね。非常に珍しい家具を扱っているんだ。趣味みたいなものかな。友だちのために掘りだし物を探してあげるんだ」

「ロサンゼルスにもいいアンティークショップがあるんですよ。いらっしゃいました?」

「ああ。実は今回は買いつけに来たんだ。ルイ一六世スタイルの戸棚を友人のドルンベルゲル伯爵夫人のために仕入れにね。セーブル焼きのタイルと金箔《きんぱく》をはめこんだすばらしい細工のものだよ」

「ドルンベルゲル伯爵夫人の記事なら読んだことがあるわ」ケリーは言った。「すばらしい美術品のコレクションをお持ちなんでしょう。アメリカ人ですって?」

「ああ。ヘンリエッタは伯爵家に伝わる城の修復を手がけたんだが、今や見違えるようになったよ」

「きっとすばらしいでしょうね」ケリーは瞳を輝かせた。「なかを見てみたいわ」

「公開されているものもいくつかあるよ。バスツアーで見られるんじゃないかな」

「ぜひ行ってみたいわ。それにおすすめのレストランを教えていただけます?」

「今すぐには名前が出てこないけど、リンク通りを少し離れたら、手ごろな値段の店があると思うよ」

クルトが気どり屋なのは隣に座った瞬間からわかってはいたが、見くだされるのは心外だ。「安い店を探しているんじゃないんです」ケリーは落ち着き払って言った。

クルトは困った顔をしている。「すまなかった。きみが働いているって言ったから、つい……」彼は消え入るような声で言いわけした。

「アメリカのすばらしいところは、誰にでもチャンスがあることよ」ケリーは冷ややかに言った。「誰でもお金持ちになれる……宝くじであててもね」

クルトはぼんやりした視線を彼女に向けた。「まさか、冗談じゃ？」

「いいえ」そう言ってケリーはにっこり笑った。「あたる人もいるのよ。わたしがその証拠だわ」

「アメリカの宝くじは賞金が何百万ドルにもなるんだろう？」

「ええ、そのとおりよ」一等じゃなかった、なんて言うことないわ。もしそう思いこんでも、わたしの責任じゃないし。

「バスツアーをすすめたりして浅はかだったな」クルトは気まずそうに言った。「運転手つきの車を雇ったらいいよ。ぼくが自分で案内してもいいけど」

「まあ、本気なの？」

「もちろん。喜んで」

「それは……その……時間があればうれしいけれど」おずおずとケリーは言った。

「時間ならつくれるよ」クルトはじっと彼女の瞳をのぞきこんだ。

ケリーは胸がちくりと痛んだが、それもほんの一瞬のことだった。ウィーンを地元の人に案内してもらえるチャンスを逃す手はないわ。

客室乗務員が豪華なオードブルを盛ったトレイを持ってきた。乗客にひとりずつ麻のナプキンを配り、注文を聞いては陶器の小皿にオードブルをのせていく。

「こんな飛行機のお食事は初めてよ」細かく刻んだロブスターとエビをつめた小さなパイをひと口味わうと、ケリーは言った。「とってもおいしいわ」

「それを言うのはウィーンの食事を試してからにしたほうがいいな」クルトは言った。

「世界に名だたるレストランがいくつもあるんだから」

「それじゃ、メモに書いていただけないかしら？」

「それより、ぼくが案内しよう」

「そこまではお願いできないわ」ケリーの良心が痛んできた。「お忙しそうですもの」

「ほとんど毎晩のように出かけてるからね。ウィーンの社交界はとても盛んだから。実は明日の晩も慈善パーティーがあるのでロサンゼルスの予定を切りあげて帰ってきたんだ」

そう言って、クルトは指をぱちんと鳴らした。「そうだ、いいことを思いついた！　明日ぼくと一緒に来ないかい？」

「喜んで！　でも、もうお約束があるんじゃ？」

「きみが心配することじゃない」クルトは有無を言わせない口調で言った。「もちろんフォーマルなパーティーだ。社交界の花形が集まるよ。ヘンリエッタも来るから話が合うんじゃないかな」

「まあ、楽しみだわ。ご親切にありがとう、クルト。あなたのおかげですばらしい旅になりそうよ」

「ぼくのほうこそ、きみに会えて運がいい」

クルトが急に熱心に言い寄ってきたが、ケリーは本気にはしていなかった。どんな美人でもただの会社勤めの女性に心を動かすような無駄なことはしない男性だとわかってきたからだ。それでも、とても紳士的だったからお高くとまっているのは許してあげよう、と彼女は思った。きっと貴族はみんなこうなんだわ。

ヨーロッパの貴族社会の夢のような話を聞きながら食事をしていると、時間はあっという間に過ぎていった。クルトはさりげなく自分の家の城のことも話した。

それからケリーはシートを倒して映画を見た。このおとぎ話のようなひとときを一瞬も無駄にしたくないのに、毛布にくるまってクッションを頭にあてるとつい心地よくなり、映画が終わると同時に寝入ってしまった。

翌朝、胸をわくわくさせてケリーはウィーンに着いた。これからどんな冒険が待ち受けているのかしら？　不思議の国に向かうアリスはきっとこんな気持ちだったに違いないわ。

メトロポール・グランド・ホテルは旅行代理店から聞いていたとおりのホテルだった。広々とした部屋と、なにもかも豊富にそろったバスルーム。ヘアドライヤーが備えつけられ、洗面用具とふかふかのタオル地のバスローブがバスケットに入っている。ベッドルームのテレビの下にはバーがあり、酒の小瓶やジュースやおつまみが用意してあった。

豪華な部屋をひととおり見て回ると、ケリーは急いで荷物を解いた。見たいところは山ほどあるけれど、まず最初に今夜のためのドレスを買わなければ。まだ信じられないわ。ウィーンで過ごす最初の夜にフォーマルなパーティーに招かれるなんて！

エーリック・フォン・グライル・ウント・タスブルクはケリーほど胸を躍らせてはいなかった。今夜のパーティーに来るようにと電話がかかったときも、面倒くさそうに答えた。「今夜だったのか。忘れていたよ、ヘンリエッタ。悪いが、ほかに約束があるんだ」

「だめよ、それは許さないわ、エーリック」ヘンリエッタ・フォン・ドルンベルゲルは言った。「あなたも出資者のひとりなのよ」

「パーティーの費用を一部負担しただけさ」エーリックはそっけなく言った。「ぼくが行かなくても変わりはないだろう」

「それがあるの」ヘンリエッタも引きさがらない。「あなたはれっきとした公爵ですもの。大金を払ってパーティーに人が来るのはなぜだと思う？　有名人に会えるからよ」

「ロックスターじゃあるまいし。ぼくはただの一市民だよ」

「なにを言ってるの！　あなたがただの一市民なら、サボテンに咲いた蘭《らん》の花だってただの花だわ」ヘンリエッタが言い返す。

彼女の言うとおりだった。エーリックは映画スターのようにハンサムで、背が高くすらっとしていて、黒い髪と印象的なグリーンの瞳をしていた。巨額の資産を持ち、何百年も続いた由緒正しい貴族の生まれなのに、その男性的な魅力はまったく損なわれていない。が、たとえそんなものがなくても、その魅力的な人柄が人を引きつけずにはおかなかったに違いない。

「パーティーに来る女性の半分は、あなたにダンスを申しこまれたいと思っているのよ」ヘンリエッタは続けた。「わたしをがっかりさせないで。パーティーの主催者として、あなたを連れてくるって約束してしまったんですもの」

「わかった」ヘンリエッタが言いだしたら聞かないのを知っているエーリックは、ため息まじりに答えた。「出席するよ。でも長くいるつもりはないぞ」

「まあ、そう言わないで。楽しいかもしれなくてよ」

「そうだな」エーリックはそうつぶやきながら受話器を置いた。

リンク通りに並ぶ店には、ため息の出そうな品々がきらびやかに飾りつけられていて、まるでファッション雑誌からぬけでたようだった。ずっとあこがれてはいたけれど、これまでのケリーにはとても手の届かないものばかりだ。

どのブティックに入ろうか迷いながら、彼女はぶらぶらとウィンドーを眺めながら歩いていった。そのとき、一枚のドレスが目にとまった。ふわっとしたシフォン地の豹柄《ひょうがら》プリントのスカートに、白いピケのホルターネックのトップ。斬新《ざんしん》な組みあわせのドレスについているのは、まぎれもなく有名デザイナーのマークだ。とても高そうだし、実用的じゃないわ。今夜以外に着るときがあるかしら？　でも、どうしてもそのドレスしか目に入らない。

それから間もなく、ケリーは試着室の三面鏡に映った自分の姿に入念に見入っていた。どの角度から見ても申し分がない。ローウエストの切り替えは、もともとほっそりしたウエストをより細く見せ、豊かな胸をより際だたせている。

「あつらえたようにぴったりですわ」店員が感心したように言った。「丈もちょうどいいですし」

「よかったわ。今夜着ていきたいんですもの」

「アクセサリーはお持ちですか？　イヤリングやハンドバッグは？」

「たいしたものは持っていないんです」そう言ってケリーは考えこんだ。

「それじゃ、いくつかお見せしますわ」

パールの長いネックレスと模造ダイヤのイヤリング、そのほかにパンツスーツと短めの白いドレスを持って、女店員は戻ってきた。

「こういうのもお好きなんじゃないかしら」

ケリーの目は見た瞬間からそれに釘《くぎ》づけになってしまった。長袖《ながそで》のドレスはシンプルだが、首から裾《すそ》まで金色のバラの刺繍《ししゅう》が施されている。グレーのパンツスーツもまたすばらしかった。ジャケットのなかには銀色のレースのボディースーツが合わせてある。

誘惑に負けちゃだめ、とケリーは強く自分に言い聞かせた。「着るときがなさそうだから」

「どちらもオーソドックスなデザインですから、何年でもお召しになれますわ」

「そうね……パンツスーツなら」かたい決心も揺らいでくる。「ドレスのほうは本当にいらないわ」

「ディナーにもぴったりですよ。家でもレストランでもよろしいんじゃないかしら」

そう言えばクルトが食事に連れていってくれると言っていたわ。それに着ていくものがなにもない……。両方とも着てみたらぴったりで、買う口実を見つけるのはそうむずかしくはなかった。

請求書はかなりな金額になったが、ケリーは幸福な気分で店をあとにした。お金を使うのがこんなに楽しかったのは、生まれて初めてだわ。

その晩のクルトの反応は、ケリーをすっかり満足させた。目を輝かせて彼女を眺め回すと、感心したように彼は言ったのだ。「美の女神みたいだよ」

「気に入ってくれてうれしいわ」ケリーはふんわりしたスカートを広げてみせた。「今日買ったの」

「とっても素敵だ。それにきみも。今夜はきみをとられないようにするのに苦労しそうだな」

「そうかしら。誰も知っている人がいないんですもの。ひと晩中、わたしと踊らないといけないかもしれないわよ」

「望むところだ」クルトはうやうやしくケリーの手をとり、唇に押しあてた。

大きなホテルのパーティー会場に着くと、そこはもう人でにぎわっていた。ダンスフロアのまわりに何人かずつ立ちどまっては、おしゃべりしたりシャンペンを飲んだりしている。男性は全員ディナージャケットで、宝石で飾りたてた女性は最新のファッションに身を包んでいた。

「あそこにいるのがヘンリエッタ」クルトはそう言うと、背の高いブロンドの女性のところへケリーを連れていった。

ヘンリエッタは若くはないが、比較的しわも少なく、すらりとした体型を保っていた。

黒いベルベットのドレスは宝石をのせる台のように、豪華なルビーやダイヤモンドのネックレスとおそろいのブレスレットを引きたてている。美しく着飾っている伯爵夫人だが、ジーンズとネルシャツを着て馬に乗っても板につきそうな雰囲気だ。ヘンリエッタはケリーをじっと見つめながらしっかり握手をした。

クルトがふたりを引きあわせて言った。「ケリーはあなたと同じ国の方なんだ」

伯爵夫人が目を輝かせた。「まあ、テキサスの方?」

「いいえ、カリフォルニアですわ」ケリーは答えた。

「でも近いわ。そのうちアメリカの話をいっぱいしましょう。懐かしいわ」

「ときどきお帰りにならないんですか?」ケリーは聞いた。

「なかなか思うようには帰れないわ。夫のハインリッヒは牧場に行ったら水から飛びだした魚みたいになってしまうんですもの。もちろん、ほんの何日かでもバラ園を離れるには議会の承認が必要ですしね」

「前にも言ったように、ヘンリエッタは先祖代々のお城を見事に修復したんだよ」クルトはケリーに向かって言った。

ヘンリエッタはにっこり笑った。「お金さえあればできないことはないわ」そのとき、人ごみのなかに誰かを見つけたようだ。「エーリックだわ。ちょっと失礼します。ひと回りして帰ってしまわないように見はってないと……。エーリック!」大きな声で呼び、その男性に向かって手を振った。

ヘンリエッタが背の高い、がっしりした体格の男性に挨拶《あいさつ》をしているのを見て、ケリーは興味をそそられた。高い頬骨にゆったりした口もと。笑うと日焼けしたハンサムな顔から白い歯がこぼれて陽気な海賊みたいに見える。

「エーリックって誰?」ケリーは聞いた。

クルトが唇をゆがめる。「きみは知らなくてもいいやつだよ」

「そう言われると、よけい興味がわいてくるわ」

「やめたほうがいい。あいつは女性の敵だ」

「ますます興味がわいてくるわ」ケリーはふざけて言った。「どうして彼が危険なの?」

「エーリックは、女性は快楽のためにあると思っているような男だからだよ。利用してぽいと捨てる……ときには忘れられないものを残してね」

「どういうこと?」

「関係のあった女性に認知を求められて訴えられたんだよ」

「そうだったの」ケリーの顔からほほえみが消えた。確かに女性が夢中になりそうなハンサムな男だ。でも責任はとらないといけないわ。

「莫大《ばくだい》な財産と公爵の称号を相続したから、世界は自分のものだとでも思っているんだろう」クルトは憤慨したように言葉を続けた。「しかるべき一族に生まれたら誰だって人気者になれるんだ」

お金と出自だけが人気の原因とはケリーには思えなかったが、今それを口に出すのはやめた。「あなたも貴族のお生まれでしょう」とりなすように彼女は言った。「称号だって持っているし」

「称号にふさわしい品位を守っているところがあいつとは違う。ぼくは女性を単なる欲望の対象として扱ったりしないから」

「それはご立派だわ」そうつぶやきながら、ケリーはちらっとエーリックに視線を走らせた。

美しい女性が彼の腕をとり、うっとりと見あげている。エーリックはおもしろそうな顔をしながら彼女の話に耳を傾けている。非の打ちどころのない聖人君子よりいたずらっぽい男性のほうが魅力的なのはどうしてかしら？　ケリーはぼんやり考えた。彼はプレイボーイかもしれないが、ぞくっとするほど素敵だわ。

ヘンリエッタがすまなそうに謝りながら戻ってきた。「ごめんなさいね、ばたばた走り回って。エーリックは目を離すと危なくて。彼はこういう集まりが好きじゃないのよ」

ケリーは人垣の中心にいる彼をちらっと見やった。「とても楽しんでいるように見えますけど」

「楽しくなくても、誰にも気づかせないのよ」ヘンリエッタは言った。「彼はすばらしく人あたりがいいから」

そのとき、急にクルトが顔を曇らせた。「ケリーとアメリカの話をしたかったんじゃなかった?」唐突に口をはさむ。

「とっても話したいんだけど、今は無理だわ。みんなと話をしないといけないもの。主催者になんてなるものじゃないわよ」ヘンリエッタがケリーに忠告するような口ぶりで言う。

「覚えておきますわ」ケリーは、自分には縁がないことだと思いながらにっこりした。

「水曜日はどうかしら。家でちょっとしたランチをする予定なの。いらしていただける?」

「ええ、喜んで」ケリーははずんだ声で答えた。

そこに二〇代前半の若い女性がやってきた。濃いブロンドの髪に大きなブラウンの瞳がとても美しい。

「いいパーティーだわ」彼女はヘンリエッタに向かって言った。「家のない子供たちのために、募金を募ったらどうかしら」

「ええ、ぜひそうしたいわ。ひと晩中ハイヒールで歩き回っているだけじゃむなしいもの。わたし、もう足が痛くて」ヘンリエッタは彼女がエミー・ロススタインだと紹介した。

「わたしの仲よしのひとりよ。チャリティーの会のお手伝いは断られてしまったけど」

「チケットを売るのは大の苦手なんですもの」エミーは笑顔をケリーに向けた。「本当に困るわ。わたしはどんな仕事にも向いていないんだから」

「まあ、マンハイム男爵夫人がいらしたわ」ヘンリエッタが声をあげた。「誰かにつかまらないうちにご挨拶に行ってこなくちゃ」

「ちょっと失礼。ぼくもちょっと挨拶をしてくるよ」そう言うとクルトはふたりから離れ、人の波をかき分けてブラウンの髪をした目の覚めるような美女に近づいていった。

その女性は真っ赤な唇を不機嫌そうにゆがめ、目に怒りをたぎらせている。クルトが近づくのを待ちきれずに、彼女は一気にまくしたてた。クルトはそれに答えて、長々となにか話してなだめている。

「あの女性はどなた？」ケリーはエミーに尋ねた。

エミーはちょっとためらってから答えた。「マグダ・シラーよ」

「なにか怒っているみたいだわ」ケリーが言う。

「ええ、そうね。マグダはちょっと……興奮しやすいから。そのドレス、とても素敵だわ」エミーは話題を変えた。

「ありがとう。今朝、リンク通りの小さなブティックで買ったの」

エミーはほほえんだ。「パーティーのおかげで、ブティックが儲《もう》かるわ。女性はみんなドレスを新調しないとならないもの」

「わたしの場合はどうしても必要だったの。今朝着いたばかりで、フォーマルなドレスは一着も持っていなかったから。ウィーンには誰も知りあいがいないから、必要になるとは思わなくて」

エミーはけげんそうにケリーを見た。「クルトのお友だちかと思っていたけど……」

「ええ。でも飛行機のなかで会ったばかりなの」

「まあ、そうなの」エミーはケリーのきらきら光るイヤリングに目を向けた。

「とても親切にしていただいて……みなさんに。ヘンリエッタは素敵な方ね。お名前は聞いたことがあったけれど、あれほど気さくな方だとは思っていなかったわ」

「ええ、彼女は特別」エミーも親しみをこめて言った。「なかには、ハインリッヒは彼女の財産目あてに結婚したなんて言う人もいるみたいだけど、そんなことはないわ。どんなに不似合いに見えても、ふたりは本当に愛しあっているの。彼は家でぶらぶらしているのが好きで、彼女は人と一緒にいるのが好きなだけ」

「ご主人も資産家なんでしょう」ケリーは言った。「だって伯爵ですもの」

エミーは口もとをほころばせた。「ヨーロッパの貴族社会のことは、あまりよくご存じないみたいね。ほとんどの貴族は体裁を整えるための借金で火の車なのよ」

「クルトはお友だちはみんなお城に住んでいると言っていたけど」ケリーはおずおずと言った。

「暖房費や人件費が払えないから、ほとんどの部屋はしめきってあるとは言わなかったでしょう?」

「夢が壊れてしまうわ」ケリーは少しがっかりした。「広い部屋や、メイドがぴかぴかに磨きあげた銀器を想像していたのに」

「ヘンリエッタのお城はきっとあなたが思っているとおりよ。一三世紀のお城にセントラルヒーティングと最新の給排水設備を施して、両方のよいところを組みあわせてあるの」

「今夜ここに来ている人たちは、豊かそうに見えるけど」

「なかにはそういう人もいるわ。全員がぎりぎりの暮らしをしているというわけじゃないのよ。あの有名なエーリック・フォン・グライル・ウント・タスブルクは、うなるようなお金持ちよ」

「まあ、なんてすごい名前なの！　さっきひと目だけ見たけど」ケリーは言った。「クルトは、彼はプレイボーイだと言っていたわ」

「その目で見たのなら、納得できるでしょう?」そう言ってエミーは笑った。「追いかけなくても、女性が群がってくるんですもの」

「ぼくのことかな?」そのとき噂《うわさ》の主が会話に加わり、エミーの肩に腕を回して頬にキスをした。

「あなたの前には列になって並ばないといけないってケリーに教えてあげていたの」そう言ってエミーはふたりを引きあわせた。

エーリックがケリーの手をとってキスをすると、彼女の腕全体になんとも言えない甘い感覚が広がっていった。もちろん、ただの習慣だとはわかっていた。でもクルトが同じことをしたときはなにも感じなかったのに。エーリックの唇だと、かすかにふれただけでぞくっとしてしまう。

「なんと言ったか知らないが、全部信用しないでくださいね」いたずらっぽく笑った瞳は、エメラルドのような輝きを帯びている。「本当のことは、ほんの少ししかないんですから」

「もし噂が全部本当なら、あなたにはパジャマはいらなくてよ」エミーがふざけて言った。

「それがうら若い女性の言うことかい？　驚いたな」が、言葉ほど驚いたようには見えない。

「冗談よ」エミーは今度はケリーに向かって言った。「エーリックは最高のお友だちになれる人よ」

「それはちょっと違う」エーリックは感心したようにケリーを見つめると、意味ありげに言った。「男なら誰だって、美しい女性に聖人君子とは思われたくないものさ」

ふたりを交互に見ていたエミーは、さりげなく言った。「わたし、ヘンリエッタを手伝ってくるわ」

「ダンスはいかがですか？」ふたりきりになると、エーリックが言った。

「さあ……踊っていいのかどうか……。わたし、別の方とここに来たんです」ケリーは向こうのほうで話しこんでいるクルトに目を向けた。

「きみのような女性を放《ほう》っておく男はどうでもいいでしょう」

彼の誘いには逆らえない。「おっしゃるとおりね」そう言って、ケリーは輝くような笑みをエーリックに向けた。「ダンスは大好きなんです」

彼の腕に抱かれてこみあったダンスフロアに出ると、ケリーはいやおうなくそのたくましい肉体を意識させられた。このからだに愛される場面を想像するだけでも、どうにかなってしまいそうだ。

「素敵なパーティーだと思いません?」ケリーはとぎれがちに言った。

「急に楽しくなってきたよ」

ケリーは首をかしげ、彼を見あげた。「わたし、お邪魔してないかしら?」

「それより、すぐにきみのお相手がとり返しにくるだろう。運のいい男は誰だい?」

「クルト・ルーデンドルフ」

「前からの知りあい?」エーリックはさりげなく聞いた。

「実は、昨日会ったばかりなんです……ここに来る飛行機のなかで。ウィーンには誰も知りあいがいないと言ったら、クルトが招待してくれたんです。なんだかシンデレラになったみたい」そう言って、ケリーは笑った。

「真夜中にきみが姿を消したら、どこへ行けば見つかるのかな?」

「探しに来てくださるの?」

「もちろんさ」首に回されたエーリックの長い人さし指が、彼女の耳をそっと撫《な》でている。思いがけなくとろけそうな感覚に襲われ、ケリーは身をかたくした。「噂では、あなたは女性を追いかける必要がないんですってね。その逆だって聞きましたけど」

「クルトがぼくに注意しろって言ったのかい?」

どうもふたりは仲がよくないらしいわ。「注意というわけじゃないけど」ケリーは言葉を選びながら言った。「あなたが人気者なのは見ていればわかりますもの」

エーリックはくすくす笑った。「それはほめているのかい?」

「わたしもファンのひとりに加わってよければ」

「きみひとりがいてくれれば、ほかには誰も必要ないよ」彼の声はまるで蜂蜜《はちみつ》のように甘い。

エーリックがどうしてこんなに人気があるのか、ケリーにもよくわかった。このすばらしいからだですばらしい喜びを味わわせてくれるに違いないと、思ってしまうからなのだろう。こんな危険な人物は、〝危険注意〟のラベルをはっておいてくれなくちゃ!

「ウィーンの男性は魅力的だと聞いてたけど、確かにそのとおり」ケリーは軽く答えた。

「それはよかった」エーリックの目は、彼女の思いを読んだかのように、おもしろそうに光っている。「女性を失望させたくないからね」

「あなたに失望する女性なんていませんわ」ケリーは思わずそう答えた。

「それがきみ自身のことだとうれしいな」エーリックはからかうように言った。

「まあ、わたしったら、なんてことを言ったのかしら」ケリーはつぶやいた。

「きみは率直で魅力的だ。本当のことを言う女性はめったにいないからね」

「それに男性もね」

「ぼくはその例外のひとりだよ」

「本当に？　信じなくても許していただけるかしら」

「それじゃ、証明してみせようか？」そう言うなり、エーリックは彼女を抱き寄せ、指先で軽く頬にふれた。「ああ、きみを抱きしめたい。この美しいドレスを脱がせて、魅力的なからだにキスの雨を降らせたい」

どきどきしたケリーは、大きく息を吸った。「そんなに具体的に言わないで」

「ぼくはただ正直さを証明しただけだよ」

「わかったわ、あなたの言いたいことは」気まずそうにケリーは言った。「あなたのこと、誤解していたみたい」

「それじゃ、その償いにぼくとデートしてくれるかい？」

「さっきみたいなことを言っておいて？　やめておくわ」

「どうも誰かにぼくについて変な噂を吹きこまれたみたいだな。誰だかわかったぞ」エーリックは言った。「クルトの話は全部真に受けたらだめだぞ」

「彼は関係ないわ。わたしとベッドをともにしたいと言ったのは、あなたですからね」

「それを夢見る男性ならたくさんいるよ。そんな幸運が本当にぼくのものになるとは、期待していないけどね」エーリックはほほえみを浮かべた。「ぼくはただのデートを申しこんでいるだけだ」

ケリーは大騒ぎした自分がばかみたいに思えてきた。エーリックが女性に無理強いするわけがない。洗練されたすばらしい男性だし、その誘いを断るなんて、どうかしてるわ。旅行に出るまでは、本物の公爵とデートできるなんて夢にも思っていなかったんですもの。

「ウィーンには誰も知りあいがいないと言っていたね。ぼくに本物のウィーンを案内させてくれないか」エーリックは優しく諭すように言った。「観光名所だけじゃつまらない」

「あなた方ウィーン市民はこの街の魅力がわかっていないのね」ケリーは不満そうだ。

「ウィーンの森へ行ってみたいとクルトに言ったら、リンク通りへ買い物に行ったらどうかだって」

「世界最大の大観覧車の上でランチはどうかな?」

「まあ、冗談でしょう」ケリーはあいまいに答えた。

「出発は一二時だ。プラーターから回ろう。これはデートかい?」

ケリーはうれしそうに笑った。「大観覧車の上でのランチなんて、断れると思う?」

「ぼくにもそれだけ魅力があったらなあ。まあとりあえず、来てもらえるだけいいか。それじゃ……」

エーリックがそう言ったとき、誰かが彼の肩をぽんとたたいた。見ると、クルトが不愉快そうな顔をして立っている。

「知らないかもしれないが、この女性はぼくの連れなんだ」

「それじゃ、きみは彼女に謝らないといけないな」エーリックは苦々しげにクルトを見た。

「紳士は連れの女性を放りだしたりしないものだ」

「放りだしてなんかいない！　ぼくはただ……ちょっと話があっただけだ」

「きみの優先順位はひどく変わっているね」エーリックは皮肉をこめて言った。

「わたしならかまわないのよ」ケリーはとりなそうと、エーリックの腕から離れた。

エーリックの表情がなごんだ。「踊ってくれてありがとう」

「わたしも楽しかったわ」ケリーも小さく答える。

「それじゃ、また明日。どこに泊まっているんだい？」

「メトロポール・グランド・ホテルよ」ケリーはクルトを見ずに答えた。

ふたりきりになると、クルトはかっとして問いつめた。「エーリックとデートだって？　ぼくがあれだけ注意しておいたのに」

「わたしは噂は信じないの。とてもよさそうな方だったわ」

「それがあいつの手なんだ。人あたりのよさに目がくらんで、女性はあいつの言いなりだ。やつ、自分が公爵だと言っていただろう?」

「いいえ、言わなかったわ。別の人が教えてくれたけど」

「称号にだまされるんじゃないぞ。さもないと、悲しい目にあうことになる」

「もしもわたしが疑い深かったら、きっとあなたと出会っていなかったでしょうね。今夜誘ってくれたのだって、なにか裏の目的がないとも限らないでしょう?」

「本当に疑っているのか！　ぼくの評判は傷ひとつない。誰かさんと違ってな。普段なら衝動的な行動はしないんだが、きみにはひと目見た瞬間に引かれたんだ。だから誘っただけだ」

「まあ、ただの冗談よ、クルト。誘ってくれて、とてもうれしかったのよ。とても楽しかったわ」

「エーリックと会えたのが?」

「エーリックが街を案内してくれると言うので、ぜひ、とお返事したわ」ケリーはあくまで冷静に言った。「それだけよ」

「ぼくが連れていこうと思ったのに」

「あなたをひとりじめはできないもの。もう十分親切にしていただいたし」

「もっときみのことを知りたい」クルトは小声で言った。「明日の晩夕食を一緒にどう?

それともうエーリックに先を越されたかな?」

「彼は夕食のことはなにも言わなかったけど」

「よかった。それじゃ、ぼくとデートしよう……もしきみさえよかったら」

「まあ、うれしいわ」

そう言ったものの、ケリーはあまり気が進まなかった。ばかみたい。エーリックが誘ってくれるのを期待するなんて。それにクルトだって、ぞくっとするほど素敵というほどではないけれど、感じのよい男性だ。とにかく明日も楽しい一日になりそうだわ。

2

グレーのパンツスーツを買っておいてよかった、とケリーは思った。が、翌日になってみると、スーツはともかくレースのボディースーツはちょっと気になってくる。透けて見えそうな布地がからだにぴったりとはりついて、あまりにも刺激的だ。もっとおとなしいブラウスにしたほうがいいかもしれない。どちらにしようか迷っていると、電話のベルが鳴った。

「支度ができたらおりておいで。ロビーにいるから」エーリックの声だ。

これでやっと決心がついた。ケリーはそのままジャケットをはおり、ロビーにおりていった。

普段着のエーリックも、フォーマルな服装のときに負けないくらい魅力的だった。紺色のカシミアのジャケットは、一分の隙《すき》もなく仕立てられ、薄いブルーのシルクのシャツの襟もとにはアスコットタイがのぞいている。

エーリックは目を見はっているケリーににっこりほほえみ返した。「とっても素敵だよ」

「あなたもよ」

エーリックは笑った。「お世辞がうまいね」

「わたしが嘘《うそ》は言わない人間だって、もうわかっているでしょう？」ケリーはさらりと答えた。

「楽しい人だな。ぼくは、心の底まで正直な女性なんてこれまで会ったことがないけど」

「あまりいいことじゃないのかもしれないわね。男性は神秘的な女性が好きですもの」

エーリックはエメラルド色の瞳をきらりと輝かせた。「ぼくなら、ありのままのきみがいい」

彼の甘い声に包まれると、他愛《たわい》のない言葉だとわかっていても胸の鼓動が速くなってくる。「そろそろ行きましょうか？」

エーリックはゴールドの腕時計に目をやった。「予定どおりだ。ワインがちょうど冷えたころに、向こうに着くだろう」

「本当に大観覧車の上でお食事するの？　そんなことできる？」

「ぼくは魔術師なんだ」エーリックは彼女の肩に腕を回し、促すようにホテルを出た。

「素敵なことを引き起こす力を持っている」

ケリーは、彼の浅黒いハンサムな顔をうっとりと見つめた。

プラーターはただの遊園地ではなかった。街なかにある森と言ってもいい。広い敷地内には、乗馬学校やプール、サッカーの国際試合が開かれる大競技場などがあった。有名な大観覧車は電車の車両のようなゴンドラに乗りこむようになっていて、眼下に広がるウィーンの景色を楽しめる。

ゴンドラは全部満員で、あいているのはエーリックが予約したゴンドラだけだった。なかには椅子がふたつと麻のテーブルクロスのかかった小さなテーブルがあり、その上には皿とグラスが用意してある。銀のバケツには冷えたシャンペンが、そして横の棚には大きな籐《とう》のバスケットが置いてあった。

ケリーは驚いたように首を振った。「こんな……信じられないわ」

「ボーイも連れてくるつもりだったけど、誰にも邪魔をされたくないと思ってね」

「そんな必要はまったくないわ」ケリーも言った。「お食事はわたしが並べるわ」

「きみはお客さまなんだから」エーリックは椅子を引いて彼女を座らせた。「ぼくが全部やるよ」

「あなたには似合わないわ。生まれてから今までずっとかしずかれていたんでしょう?」

「きみだって同じだろう」エーリックはシャンペンの栓をぬき、グラスに注《つ》いだ。

「どうしてそう思うの?」

「いろいろなことからさ」エーリックはグラスを持ちあげ、乾杯をした。

「たとえば？」ケリーは好奇心に駆られて尋ねた。

エーリックは小さな雉《きじ》のローストに、マッシュルームと赤ピーマンを飾ったパスタサラダ、それにクロワッサンをとりだそうと、忙しく手を動かしている。

「ほら」彼はブリーチーズをひと切れテーブルに置いた。「これでどう？」

「すばらしいわ。でも、わたしの質問にはまだ答えてもらってないわ。どうしてわたしが上流階級の生まれだと思ったの？」

「すばらしいドレスを着ていたし、物腰が貴婦人のようだったからさ」そう言って、エーリックはとろけるような笑みを浮かべる。

彼の言葉はうれしかったが、ケリーはほかにも理由があるような気がした。「それから？」

エーリックはためらいがちに口を開いた。「たぶんクルトと知りあいだからかな。きみたちの友情に水をさすつもりはないが、彼は表面的な価値を重んじる男だ」

「わたしもクルトはそういう男性だと思うわ」ケリーは穏やかに言った。「でも、この旅行を忘れられないものにしてくれたのも彼ですもの。運よく宝くじで大金をあてたことがわかるまでわたしに目もくれなかったことは許してあげるの」

「まさか！」

「みんな同じことを言うのね。でも本当にあたる人もいるのよ」

「飛びあがっただろうな」

「あなたには想像もつかないでしょうね。二日前までは銀行の貸付係だったのに、今はこうして貴族と親しくお話ししているなんて」

「それはちょっと言いすぎだ。称号があるからといって信頼に足る人間とは限らない」

ケリーは笑った。「おかしいわ。クルトも同じことを言ったのよ」

「こんなことを言いたくはないが、確かに彼の言うとおりだ」

「クルトは完璧《かんぺき》な紳士だわ」

エーリックはいたずらっ子のように顔を輝かせた。「つまり、彼はきみを抱きたいと言わなかったんだね？　それはあいつがばかだという証拠だよ」

「少しアプローチが婉曲《えんきょく》だったという証拠よ」ケリーはそっけなく答えた。

「きみは本当に、慎重な男を恋人にしたいのかい？」

「わたしはどんな恋人も探していないわ」ケリーはさりげなく答えた。

「誰も恋人を探そうとして恋をしたりしないよ。出会った瞬間、どうしようもなく引かれあうのが男と女なんだ」

「それは単に肉体的なことでしょう。愛とは違うわ」

「違わないさ。男性が女性を腕のなかに抱いてふたりがなんとも言えない喜びを感じるなら、それは単なる肉体的行為じゃなくてもっと崇高な体験だよ」

彼の言葉に鮮明なイメージがふくらみ、ケリーはからだがほてってくるのを感じた。エーリックならすばらしく巧みに愛してくれそう。ひとつにとけあい、炎のような情熱がふたりを包んで……。

「きみもそう思うだろう？」

エーリックの声で、ケリーははっとわれに返った。大きく息を吸いこむ。「それはランチの話題じゃなさそうね」そう言ってフォークをとりあげた。

「確かにきみの言うとおりだ。この話題はディナーにふさわしい」エーリックの瞳がきらりと光った。

「すばらしいお食事だわ」ケリーは言った。「遊園地が用意してくれるの？」

「いや、ぼくがコックに用意させた」

「ウィーンにお住まい？」自分から会話をリードするのが一番だわ。

「市内にはタウンハウスがあるけど、田舎の家で過ごすことのほうが多いな。花もたくさん咲いているし、小川もあるんだ。きみにも見せてあげたいよ」

「まだウィーンも見てないのに」

「それは食事のあとでなんとかしよう。なにかご希望は？」

「手始めに、王宮とスペイン乗馬学校が見たいわ」

「きみはついてるな。そのふたつは隣りあわせだよ」

ウィーンの名所についてあれこれ話をしているうちに、ケリーの緊張は少しずつほぐれてきた。いさかいのもとになりそうなクルトのことも話題にのぼらない。

ランチを終えると、手伝おうとする彼女を押しとどめて、エーリックは広げたものを全部籐のバスケットに自分でしまいこんだ。

「窓から外を見てごらん」彼はケリーに言った。「あまり見られなかったから」

ゴンドラはちょうどてっぺんにのぼりつこうとしていた。市内のすばらしい景色が眼下に広がる。古い建物が集まっている地域のまんなかに、昔の教会がどっしりと建っているのが見えた。

「あれはなにかしら」ケリーは声をはりあげた。

エーリックも窓のそばにやってきた。「あの高い尖塔《せんとう》のある教会は聖シュテファン寺院。向こうにあるのが国立オペラ劇場で、その右は王宮。これから行くところだ」

「どこ？　見つからないわ」

「いくつかの建物が集まっているんだ」エーリックは彼女の肩に腕を回し、その方向を向かせた。「どう、見える？」

「あ……ええ。あそこに王宮があるの？」ケリーが振り返ると、目の前にエーリックの唇があった。

そのまま時がとまったように、ふたりは見つめあった。ふと彼の腕に力がこもり、その引きしまったからだに抱き寄せられる。ケリーがゆっくりと頭をあげると、ふたりの唇が重なった。魂を奪われるような甘いキスだった。

エーリックは顔を離すと、彼女の瞳をじっとのぞきこんだ。「初めて会った瞬間から、こうしたかった。きみがあんまり素敵だから」

「女性を見る目のある方にそう言われるのは光栄だわ」

エーリックはかすかに顔をしかめた。「ぼくが誠実でないと思う?」

「そんなことはどうでもいいわ。とても楽しいときを過ごさせてもらっているもの。わたしのためにこんな素敵なランチを考えてくださって、うれしいわ」

「だからぼくとキスをしたのかい?」

「いいえ、それは違うわ」

「ぼくたちのあいだには通じあうものがあるんだ。きみも感じるだろう?」エーリックは優しい声で言った。

「あなたはとても素敵だけど、時間とエネルギーを無駄にさせないために言っておくわ。わたしは一時の情事にふけるつもりはないの」

「ぼくがそうしていると思っているんだね?」

「男の人のことはわたしにはわからないけれど」ケリーは慎重に言葉を選びながら言った。

「とにかく、いくら肉体的に引かれたとしても、それだけでつきあうつもりはないわ」

「ということは、きみはぼくに魅力を感じていると思ってもいいのかな？　それとも、ぼくの自尊心を満足させるためにそう言っただけ？」

「どう思ってくれてもいいわ」

「それなら、悪意のある噂《うわさ》なんか無視して、真実に目を向けてほしいと心から願うよ」

ケリーのからだを甘い戦慄《せんりつ》が走った。今のエーリックは獲物をねらっているトラのようだ。だが、そう思ったのもつかの間、彼がにっこりほほえむと、そんな印象も霧のように消えてしまった。

「少なくとも、ぼくたちのあいだに誤解がないようにしておこう。お互いどうしたいかわかっておきたいんだ」

「どうしたくないか、もね」

「もちろんだ」エーリックの手が彼女の額にかかったひと筋の髪をそっと撫《な》であげた。「どっちが相手を説得できるか楽しみだな」

大観覧車がちょうどひと回りしてもとの出発点に戻った。エーリックはバスケットを持ち、ケリーに手を貸して外へおりた。

そして見るからにスピードの出そうなスポーツカーにからだをゆだねたころには、そのことはもう話題にはのぼらなかった。もっとも、忘れてはいなかったけれど。

甘い言葉で言い寄ってきた男性は、エーリックが初めてではない。相手の自尊心を傷つけないようにかわすのには慣れている。だからクルトの忠告にも耳を貸さなかったのだ。

だが、ケリーは気持ちが揺らぎ始めていた。わたしは本当に自分にぴったりの相手に出会ったのかしら？　ふたりのあいだに通じあうものがあると言ったエーリックの言葉は確かにあたっている。でも、それだけじゃないわ。エーリックは女性なら誰でも夢見るような男性だ。もし彼がもう少し積極的に出たら、どうなっていたかしら？

やがてふたりを乗せたスポーツカーは王宮に着いた。王宮はたくさんの建物の集まりで、その一番古い部分は一三世紀に建てられたという。

宝飾品を納めた王宮宝物館は古めかしい石づくりの建物の一角にあった。入口は薄暗く、がらんとしている。

「あまり豪華じゃないわね」ケリーは思わずそう言った。

「上にあがってみてごらん」エーリックが促す。

目を奪われるようなすばらしい宝飾品の数々が並べられた部屋に足を踏み入れた瞬間、ケリーはすぐに考えを変えた。どんなものにも、すべて小鳥の卵ほどもありそうな大粒の宝石がはめこまれている。ルビーやエメラルド、サファイア、そしてダイヤモンドが輝きを競っていた。

エーリックは、うっとり見つめている彼女にほほえみかけた。「これで満足していただけるかな？」

「こんな立派なものを見たのは初めてよ！　こっちを見て」そう言って彼の手を引っぱる。ガラスのショーケースのなかに、値段もつけられないようなすばらしいものが並んでいる。金の聖杯、手のこんだ刺繍《ししゅう》の施された儀式用の法衣、それから宝石をちりばめた鞘《さや》におさめられた大きな剣……。

ケリーはこのままずっと眺めていたかった。急いで通りぬけてしまうにはあまりにも惜しい。だが、エーリックはそうは思っていないようだ。

「さあ、これで全部見たわ」ケリーは最後に言った。「次に行きましょう。これ以上のものはないと思うけど」

「それを言うのは見てからにしたほうがいいよ」

スペイン乗馬学校は広場をはさんで王宮の向こう側にあった。穴蔵のような長方形の馬場で、いろいろな催しが行われている。白い乗馬ズボンに黒いジャケットを着た騎手たちが、雪のように白い馬の足並みを試していた。

観客は二階のバルコニーに立って、繰り広げられる馬術を楽しんでいる。美しい馬が首を弓なりにそらせて、騎手の命令にしたがって横足を披露していた。

「動く詩のようだわ」ケリーは感心して言った。「こんなきれいなもの、ほかに見たことある？」

「そうだな。一度か二度」エーリックは彼女の軽く開いた唇を見すえたまま言った。

だが、ケリーは彼の言葉など耳にも入らない様子だ。「あの金のくつわの優雅なこと。それにあのふわっとした長いしっぽ……まるで絹糸みたいだわ」

「喜んでもらえたかな」

「今日は最初から最後まで本当に楽しかったわ」ケリーは心からそう言った。

「まだ終わっていないよ」彼は小声で言った。

そのとき、じっとケリーを見つめているエーリックを小さな男の子が揺さぶった。手すりにのぼろうとしているのだ。振り返って男の子に気づいたエーリックは、にっこり笑った。

「それはやめたほうがいいな」

「だって見えないんだもの」小さな男の子は不満そうに言う。

「それならなんとかしよう」エーリックは男の子を腕に抱えた。「これでいい？」

「うん！　馬がダンスしている」男の子はうれしそうに笑い声をあげ、片手をエーリックの首に回した。「ねえ、見て。後ろ足で立っているよ。どうして乗っている人は落ちないの？」

「それは膝で押さえているからなんだ。馬に乗るときはそうするんだよ」

「あれみたいに白い大きな馬に乗りたいんだけど、どうしたらいいの？」

「まずポニーから始めないと」エーリックは男の子に言った。「大きくなったら、本物の馬にも乗れるようになるさ」

「ぼく、もう四歳だよ」男の子は不服そうに言う。

「本当かい？　四歳にしては大きいな。五歳か六歳かと思ったよ」エーリックがまじめな顔で言う。

男の子がうれしそうに笑ったとき、若い女性が飛んできた。「エミール、あちこち探したのよ！」ほっとしたような怒りたいような気持ちが伝わってくる。「ひとりで行っちゃいけないって言っているでしょう。あなたには困ってしまうわ」

男の子は下唇を震わせている。「ぼく、馬が見たかったんだ」

「彼はしっかりしてますよ」エーリックが言葉巧みに割って入った。「楽しく話をしていたんです」

女性は困ったようにほほえんだ。「エミールはおしゃべりですから、お邪魔でないといいんですが」

「いいえ、まったく大丈夫ですよ」そう言うと、エーリックは男の子を下におろした。

「お母さんの言うことをよく聞くんだよ」

彼は本当に子供が好きなようだ。それは思いもよらない一面だった。「子供好きなのね？」ケリーはおずおずと口を開いた。

「子供はすばらしい。あの率直さが大好きなんだ。心にもないことは絶対言わないからね……大人と違って」

「わたしたちはそういつも正直ではいられないわ。人を傷つけてしまうもの」

「ああ。でもなんだか寂しいね」

出口に向かいながら、ケリーはなにげなく尋ねた。「子供をほしいと思ったことは？」

「いつかはほしいと思っているよ」

「自分にふさわしい女性に出会って身をかためたくなったときに？」

エーリックは顔をしかめた。「なにが言いたいのか、よくわからないな」

ケリーは微妙な話題に立ち入ってしまったことに気づいた。エーリックは、子供の認知訴訟のことをわたしが知っているとは思ってもいない。クルトが言いつけたと知ったらきっと怒るだろうし、噂話をうのみにしたのも気が引ける。

「あなたのような貴族の血筋を引く方はそうじゃないかと」ケリーはあわてて言った。

「愛のない結婚はもう過去のものになっているよ。ありがたいことに」

「恋愛結婚をするつもり？」

「ほかに結婚する理由があるかい？」

「お相手を探す楽しみがたっぷり味わえそうね」ケリーは皮肉まじりに言った。

歩いて外に出る途中、エーリックはさりげなく口を開いた。「言っておくが、ぼくは結婚の約束をえさに女性をだましたりしないよ」

もうやめなければ、と思いながらもケリーは引きさがれなかった。エーリックは非の打ちどころのない男性なのに、なぜ子供のことを認知しようとしないのかしら？「たとえ結婚の約束がなくても、責任はふたりで分かちあうべきだとわたしは思うわ」

エーリックはまっすぐに彼女を見つめた。「なにが言いたいんだい、ケリー？　どうしてぼくを責めるんだ？」

「別に」ケリーは軽率な言葉を口にしたのを悔やんだ。エーリックの私生活がどんなであろうと、わたしには関係ないのに。「ただ一般論を言ってるだけよ」

「いや、違う。誰かがなにか吹きこんだに違いない。それが誰かはすぐに想像がつくよ。クルトはなんて言った？　子供の認知訴訟のことか？」

「それは……ちょっと……」

「そうだろうとも！　訴訟はとりさげられたことも彼は言ったかい？　ぼくが圧力をかけたと思われるといけないから言っておくが、ぼくは血液鑑定を求めただけだ。その女性とは何カ月も会っていなかった。本人だって、ぼくが父親じゃないことはわかっていたはずだよ」エーリックは険しい顔をして言った。

「ごめんなさい」ケリーは口ごもった。「こんな話、しなければよかったわ」

「どうして？」彼は握った拳《こぶし》をポケットにつっこんだ。「卑怯《ひきょう》に聞こえるかもしれないが、金持ちは地位と保証を求めるやつらのいいカモにされるんだよ。男だって女性と同じように、利用されたくはないさ。本当に心から愛してくれているのか、それともただ未来のグライル・ウント・タスブルク公爵夫人になりたいのか見きわめないといけないとしたら、きみならどんな気がする？」

「まあ、立派な名前」ケリーはにっこり笑った。「長すぎてクレジットカードに入らないわ」

「きみがぼくの立場だったら、笑いごとじゃすまないと思うよ」彼は厳しい表情をして言った。

「あら、簡単じゃない。貴族の生まれの女性とだけデートすればいいんだわ」

エーリックの表情がふとなごんだ。「もしそうしてたら、きみと知りあうこともなかったわけだ」

ケリーの胸に不安が広がった。もしわたしが決して金持ちではないとわかっても、彼は変わらず心を許してくれるかしら？

「あなたはわたしのことをよく知らないわ」彼女はおずおずと言った。

「きみのことをもっとよく知りたい。もし子供の認知を拒否したという話をきみが本気にしているんじゃなければだが」

「あなたはそんな人じゃないわ」ケリーは心からそう信じることができた。エーリックは大の子供好きなのだ。もし自分の子供がいたら、たとえ不義の子でもきっとかわいがるだろう。

「よかった。それでこの問題は片づいた。ぼくだって聖人君子じゃない。それに大人の男だ。これまで女性と愛しあったことだってある。もちろん単なる情事じゃない。ただふたりの関係が終わったときは、傷つけないように友だちとして別れてきたつもりだ」

エーリックはそのつもりでも、少しも傷つかずにこんな男性と別れられる女性なんているかしら、とケリーは思った。たとえどんなに短いあいだでも、彼の愛を一身に受けていたんですもの……。

「正直に言ってくれてうれしいわ」ケリーは落ち着いて答えた。

エーリックが笑みを浮かべる。「ねえ、ぼくらは似てるってことがよくわかったろう？」

ケリーはそれにはなにも答えずに腕の時計をちらっと見た。「まあ、大変。こんなに遅くなっちゃったわ。残念だけど、もうホテルへ帰らないと」

「一緒に夕食でも、と思っていたんだが」

「ごめんなさい。夕食は約束があるの」本当は約束などしたのを後悔していたが、今となっては遅すぎる。

「クルトだね？」

「ええ」

「クレジットカードを忘れるなよ」エーリックは言った。「あの男は財布を忘れる癖があるんだ」

「わざとじゃないと思うわ」ケリーはクルトをかばって言った。

「あいつはそうやってきみみたいな女性にすがって生きているんだよ」

「あなたたちが仲がよくないのはわかるけど、そこまで言うのはあなたらしくないと思わない？」ケリーは少しいらだってきた。

「ぼくは財産に群がるやつが嫌いなんだ。女でも男でもね」

「なにを言っているの？　クルトは男爵よ」

「男爵だから財産があるとは限らないよ」

「わからないわ。わたしには暮らしぶりもよさそうに見えるけど。つまり、あなたと同じような人たちと知りあいだし、お城もあると言っていたわ。もしかしたら、なにを財産と呼ぶかが違うのかも」

「ヨーロッパには没落した貴族がうようよしているんだ。時代にとり残された遺物さ。仕事を見つけて新しい人生を始める者もいるが、そのほかはクルトみたいに、なんとか他人の力で贅沢《ぜいたく》な暮らしをとり戻そうとチャンスをうかがっているんだ」

「クルトがわたしの財産をあてにしていると言うの？」真相を知ったらクルトはどんなにがっかりするだろうと思って、ケリーはおかしくなった。

「きみへの気持ちはきみが感じたとおりだろうと思う。クルトだってときには感情に流されることだってあるさ」そう言ってエーリックは感心したように彼女を眺めた。「きみの美しさはローンの支払いを忘れさせてくれるよ」

「お城を担保に借金をするの？　さし押さえなければならなくなったらどうするの？　五〇部屋もある建物を買いたい人がそうたくさんいるとは思えないけど」

「そのとおりだ。貴族のなかにも、暖房費や人件費はもとより、城を維持していく費用も出せない者が多いんだよ。それで過去の栄華で心を温めながら、四、五部屋だけ使って暮らしているのさ」

「エミー・ロススタインもそう言っていたけど、わたしには信じられなかったわ。悲しい話ね」

「それよりも非現実的なんだよ」エーリックはいらだたしげに言った。「みんな現在を生きなきゃいけないのに」

「ずいぶん冷たいのね？　あなたのご先祖は成功したんでしょうけど……もしかしたら運がよかっただけかもしれないじゃない。お金がないのがどんなことか、あなたにはわからないのよ。もしなければ、あなただって財産にしがみついたかもしれないわ」

「でも、少なくとも受け身じゃない。ぼくなら外に出ていって仕事を探してくるだろうね。そして、成功を勝ちとるまで努力し通すと思うよ。ただじっと座って誰かが手をさしのべてくれるのを待つなんて、まっぴらだよ」

エーリックなら本当にそうするだろう、とケリーは思った。「誰もがあなたのような強い意志と能力を持っているわけじゃないもの」彼女は静かに言った。「さあ、本当にもう行かないと」

「わかった。もしつまらない夜を過ごすつもりならどうぞ」車に戻ると、エーリックはドアをあけて彼女が乗るのを待った。「クルトはどこに連れていってくれるんだい?」

「知らないわ。でももし知っていても、あなたには言わないことにする。だって、なにか騒ぎを起こされては困るもの。たとえばクルトは勘定をすっぽかすつもりだってお店の経営者に電話するとかね」

「それは思いつかなかった」エーリックは車を発進させながら言った。

「だめよ」ケリーは言い聞かせた。

エーリックが横目で彼女を見る。「本当にあいつが好きなんだね?」

「とても親切にしてくれるわ。理由はともかくとして。もしクルトがいなかったら、今日だってずっとひとりで観光をして、それからどこか平凡なところでひとりぼっちの夕食をしていたところですもの」

「わかった」エーリックは手をのばして彼女の手を握った。「今夜も期待どおりになるように祈っているよ」

ホテルの前に車がとまり、楽しい一日のお礼を言おうとケリーが口を開くと、エーリックがそれをさえぎった。

「こんなに楽しかったことはないよ」そう言うと、身をかがめ、彼女の頬にキスをした。

ケリーは少しがっかりしながら、ロビーをゆっくり歩いていった。あれだけ楽しい午後を過ごしたのに、エーリックはまた会おうとは言わなかった。これがいつもの手なのかしら？ それとも、わたしがクルトのほうに興味があると思ったのかしら？ もしそうだとしたら、あきらめがよすぎるわ。

シャワーを浴びて着替えながら、ケリーはこれが一番いいのだ、と自分に言い聞かせた。エーリックは一緒にいて楽しい人だけれど、あっと言う間に恋に落ちて悲惨な結果になってしまいそうだ。思い出のひとつとして記憶にとどめておくほうが賢いのかもしれないわ。


その夜のデートに現れたクルトの顔を見て、ケリーは自尊心をとり戻した。彼はうっとりとして、ケリーの美しい顔やほっそりしたからだから目が離せない様子だ。ケリーは金色の刺繍の入った白いドレスに、パールのイヤリングをしていた。

「いつもとってもきれいだよ」そう言うと、クルトは彼女の手をとってキスをした。

「我が家へ帰りたくなくなりそうだわ」ケリーはにっこりした。「だってアメリカの男性はこんなに紳士的じゃないんですもの」

「それなら帰らなければ？」クルトは彼女の両手をぎゅっと握りしめた。

「まるで夢みたいだわ。本当にそうするかもしれないわよ」彼の手を振りほどきながら、ケリーは軽く受け流した。

「今日はエーリックと一緒だったんだろう？　夢みたいなのは彼のせい？」クルトが皮肉っぽく言う。

「それだけじゃないわ」

「でも、エーリックも理由のひとつなんだね」クルトはしつこく答えを求めてくる。

ケリーはいらだちを抑えて、冷静に答えた。「とても楽しい一日だったのよ」

「エーリックはどこに連れていった？　会員制のクラブ？」

「いいえ。王宮を見てからスペイン乗馬学校に行ったの」大観覧車の上でのランチのことを言わなかったのは、自分でもなぜかよくわからなかった。あまりにすばらしかったからかしら？

「平凡だな」クルトは冷ややかに笑った。

「わたしが見たかったから」

「エーリックは確かに手が早い。たった一日できみを洗脳したんだから」

「どうしてそんなことを言うの？」

「彼の悪口は聞きたくないんだね」

「あなたの話は信用できないみたいだから」ケリーは落ち着き払って言った。「認知を求められて訴訟を起こされたけど、その訴えは証拠不十分でとりさげられたとは言わなかったもの」

「金で解決したに決まってる」

「証拠はあるの?」

「ああ……いや、ないけれど、彼ならそれくらい簡単さ。金はたっぷりあるんだから」

クルトの苦々しい声を聞いて、もうこれ以上言っても無駄だとケリーは思った。エーリックへの嫉妬《しっと》で頭がいっぱいで、真実に耳を傾けようとしないのだから。

「確か夕食のお約束じゃなかったかしら」ケリーは話を先に進めた。

「ごめん」クルトはすぐに謝った。「エーリックがどんなに女性に人気があるかよく知っているから、まだぼくにもチャンスがあることを確かめておきたかったのかな」

ケリーは機嫌を直した。「もしあなたが嫌いだったら、ここに来ていないわ」彼女は優しく言った。

「後悔はさせない。約束するよ。最高のレストランに予約をとってあるんだ。今夜は特別な夜にしよう」

「ええ、もちろんよ」ケリーは思いやりをこめてそう答えた。

そのレストランはクルトが言ったとおりの店だった。気どったウエイターが皿とワイングラスの並んだテーブルの向こうに控えている。ボーイがグラスに水を注《つ》ぐと、首に金の鎖をつけたソムリエがワインリストを見せに来た。

　やっとふたりきりになると、クルトは身をのりだしてケリーの瞳をじっとのぞきこんだ。

「今日一日中、このときを待っていたんだ。やっときみをひとりじめできる」

「昨日の夜のパーティーも素敵だったわ」ケリーは明るく言った。「ヘンリエッタに会えたのもうれしかったし」

「そう言うだろうと思ったよ。ヘンリエッタはこの街でも有力者のひとりに数えられているんだ。彼女に気に入られれば、きっと仲間に入れてくれると思うよ」

「ご主人が社交嫌いなのはお気の毒だけど」

「あんなお城に住んでたら、きみだって家を出たくなくなるかもしれないよ。なにしろヘンリエッタは腕のいい職人をヨーロッパ中から探してきたんだから」

「あなたもお城を持っているんでしょう?」ケリーはさりげなく聞いた。

「ヘンリエッタのとは比べものにならないけど」

「あなたのお城にもお部屋がたくさんあるんでしょう?」

「それが、ほとんどの部屋はしめきっているんだ。ほんのいくつかの部屋を使うだけだ」クルトはあわててつけ加えた。「ひとりで住むには広すぎるからね」

　やっぱり聞いた話は本当だったんだわ。「ああいう古い建物を修復するのはお金がかかるんでしょうね」

「でも、その価値はあると思うよ。書斎には高さ四メートルもの窓があるし、象眼細工の床は王宮と同じなんだ」クルトは急に生き生きとした顔になった。

「それじゃ、あなたのお城も修理したのね」

「ああ、まあね。もう少し修理が必要だけど、それは誰か一緒に住む人を見つけてからにしようと思っているんだ」クルトは思わせぶりな視線を彼女に向けた。「男ひとりじゃ持て余して、ひどく寂しくなるだけだからね。ぼくは子供で部屋をいっぱいにしたいんだよ」

「お城で育つなんて、きっと楽しいでしょうね」ケリーはしみじみと言った。「たくさんの部屋を使って隠れんぼができるわ」

「やっぱり、きみはぼくと似ていると思っていたよ!」クルトはテーブル越しに腕をのばし、彼女の手を握りしめた。「飛行機で隣の席に座ったときから、きみには引かれるものを感じたんだ」

わたしの記憶では少し違っていたようだけど。ケリーは手を引っこめた。「ねえ、クルト、わたしたち、まだお互いによく知らないのよ。ちょっと気が早すぎると思わない？」

「早すぎるのはわかっている。でも、きみがどこかに行ってしまうんじゃないかと心配なんだ」

「今のところ、どこにも行くつもりはないわ。ウィーンが気に入ったから、もっと見たいと思っているの」

「ぼくがウィーンのすべてを見せてあげるよ」クルトが熱っぽく言った。

「今はメニューを見たいわ。もうおなかがぺこぺこ」

ケリーはあたりさわりのない話題を選ぶのに気をとられて、すばらしい料理も味わえないでいた。クルトは長い食事のあいだ中、きっかけを探しては言い寄ろうと必死だ。やっとデザートまでたどりついたときには、彼女はうんざりしてきた。

ウエイターがテーブルにやってきた。「ほかにご注文は？」

クルトは意見を求めるようにケリーを見つめた。「食後のお酒はここで飲む？ それともどこか場所を変えるかい？」

「わたし、少し疲れているの。それはまた今度にしてもいいかしら？」

「もちろんだよ。明日のお昼はどう？ 食事をして、そのあと観光に行こう」

「ありがとう。でもヘンリエッタがランチに呼んでくれているの」

「そうだ、忘れていた。誰が来るか聞いた？」

「いいえ。聞いても誰も知らないから」

「ヘンリエッタのランチにはみんな呼ばれたがっているんだ。有力者に会えるぞ」

「魅力的な人と言ってほしいわ」ケリーは時計に目をやった。「そろそろ帰りたいわ、クルト。今日は一日が長かったから」

「ああ、もちろんだ」クルトは勘定書きを持ってくるように合図をした。「あとでランチの話を聞かせてほしいな。それで、明日の晩はどう？」

「まだちょっと時差ぼけなの。またいつかにしましょう。電話をしてね」ケリーはあいまいな返事をした。少し悪いような気もするけど、クルトはあまり楽しい相手じゃないから、二日も続けて会うのは気が進まない。

クルトはとがめるように彼女を見た。「エーリックがきみをひとりじめしようとしてるんだな？」

「彼は関係ないわ。また会うかどうかもわからないくらいですもの」

クルトはほっとしたように言った。「彼にはもう会わないほうがいいよ。エーリックは人あたりはいいが、ひとりの女性と続いたためしがないんだから」

短いひとときでも忘れられない思い出はあるものよ、とケリーは心のなかでつぶやいていた。

3

ホテルの部屋でひとりきりになると、疲れたと言ったのが少し悔やまれた。ウィーンの夜は華やかだと聞いているのに……。ああ、クルトがあれほど退屈でさえなかったら！彼の話は恐ろしくつまらなかったうえに、あのくどき方……。

ケリーはため息をつきながら靴を蹴《け》って脱いだ。そしてドレスのジッパーに手をかけようとしたとき、電話のベルが鳴った。

「まあ、いやだ！」ケリーは小さな声でぶつぶつ言った。「まだなにか言うことがあるのかしら？」

だが受話器の向こうから聞こえたのは、クルトの声ではなかった。

「きっと早く帰っているだろうと思ったよ」

エーリックの澄ました声が耳に飛びこんできた。ケリーはうれしくて胸がわくわくするのを、悟られまいとした。

「夜はこれからが一番いいんだよ。どこに行きたい？」

「ベッド」ケリーはそっけなく答えた。いい度胸だわ！　さっきはまた会おうのひと言もなく放《ほう》りだしたくせに、大喜びでしっぽを振ってついてくるとでも思っているのかしら！

「ぼくもそれが一番いいな」エーリックは甘くささやいた。

「ひとりで寝るの」

「それじゃつまらないだろう」彼はくすくす笑っている。「一緒に寝るのがいやなら踊りに行かないか。そうしたらきみを腕のなかに抱ける」

「そのことしか考えられないの？」

エーリックは悪びれずに笑っている。「想像するだけならなにも害はないだろう？　部屋に迎えに行こうか？」

「だめ！」

「わかった。それじゃ、エレベーターのところで待っているよ」

「こんなことしていいのかしら」ケリーは迷いながら言った。「クルトには疲れたと言ったの」

「それじゃ、ダンスはやめてカジノだ」

ケリーはしばらく良心と闘っていたが、ついに決心した。「すぐに行くわ」

カジノは着飾った人々でいっぱいで、みんなグリーンの布張りのテーブルのまわりをとり囲んで席に着いたり立ったりしていた。カードやサイコロやルーレットのまわりを転がる小さな白い玉を真剣な顔で見つめている。

「みんな真剣なのね。ギャンブルは楽しむものかと思っていたわ」

「楽しいよ。勝てばね」エーリックはにっこり笑った。「きみはなにが好き?」

「相場が高くなければルーレットにしたいわ。いかにもヨーロッパの雰囲気がするから」

「なんでも好きなのをどうぞ」そう言うとエーリックは椅子を引き、ルーレットのテーブルのひとつにケリーを座らせた。そして自分も隣の椅子に腰をおろし、係員にお金を手渡してなにかドイツ語で言いつけた。

「なんて言ったの?」ケリーはエーリックに聞いた。

「チップをくれ、と言っただけだよ」そう言って彼女の目の前にチップをふた山置く。

「いくらするの?」

「きみは心配しなくていいんだよ」

「いくら賭《か》けているかわからないと困るわ」ケリーは言いはった。

「いいんだ。ぼくたちはパートナーなんだから。勝った分は山分けにしよう」

「勝った分じゃなくて負けた分のことを心配しているの」

「どっちにしろ、どこかに賭けないと始まらない」

エーリックはそこら中にチップを置いていく。玉がころころ転がっているあいだに、ケリーもチップを一枚置いた。

「三五の赤」係員は番号の枠を指さすと、そのほかの場所に置かれたチップを全部目の前にかき集め、勝った人に払い戻す。が、エーリックもケリーもはずれてしまった。

「あまりおもしろくないわね」ケリーは小さな声で言った。「映画だとみんな大勝ちするのに」

エーリックは笑った。「現実の世界にようこそ」

エーリックがチップをあちこちに置いていくのに対し、ケリーはずっと一枚のチップを賭け続けていた。彼のほうは毎回少しずつは儲《もう》かるのだが、ケリーのほうはなかなか運が向いてこない。しばらくして、やっとひとつあてた。そしてもうひとつ。急に目の前にチップが山積みになった。が、エーリックはもっとたくさん持っている。

「勝っているうちにやめない？」ケリーは言った。

「きみは大賭博師《とばくし》の血を引いているんじゃないか？」エーリックがからかう。

「なんとでも言ってちょうだい。勝つことがすべてじゃないけど、負けるのもつまらないもの」

「わかったよ」エーリックはふたり分のチップを前に押しやり、札束を受けとった。そしてそのままケリーに手渡す。

「あなたのお金よ」彼女はそう言って断った。「最初にチップを買ったのはあなたですもの」

「きみに受けとってほしいんだ」テーブルから離れながら、エーリックは言った。

「とにかく最初に払ったお金だけはとって」

エーリックはしぶしぶ一枚お札をとったが、ケリーは、彼が本当はもっとたくさん払っていたような気がした。彼女はお札をよく見て、頭のなかでざっと金額を計算してみた。

「最初のチップはいくらだったの？」ケリーは心配そうに聞いた。

「それがどうかしたかい？」そう言いながら、エーリックは小さなカクテルラウンジに彼女を連れて入った。「少し飲もうか」

だが、ケリーははぐらかされたくなかった。「それであのときドイツ語で話していたのね？　どれだけ払ったか、わたしに聞かせたくなかったんでしょう」

「そのほうが楽しめると思ったから」エーリックは椅子を引いて彼女を座らせると、ウエイターを呼んだ。

「チップは一枚いくらなの？」ケリーは断固として聞きだすつもりだった。

「四〇ユーロ」エーリックはしぶしぶ答えた。

「まさか！　だって大損したかもしれなかったのよ！」

「でも、しなかった」にっこり笑って言う。が、ケリーが本気で怒っているのに気づくと、彼はその両手をしっかり握りしめた。「きみはおそらくこれまで質素な暮らしをしてきたんだろうと思う。でも、お金ってそんなに大切なものじゃないんだよ」

「あなたみたいな人はそう言えるかもしれないわね。今までどんな望みでもかなってきたんですもの」

「今やきみだってそうだろう。だからこれからは自分を甘やかしていいんだよ。スペインにお城でも買って、大学に校舎を寄付してみたら？　いい気分だぞ」

「エーリック、ちょっと話したいことがあるの」ケリーは言葉を慎重に選びながら言った。

「わたしのことがよくわかっていないみたいだから」

「ああ、きみのことはなにもかも知りたいんだ。どこで育ったか、趣味はなにか、とかね。きょうだいはいるの？」

「兄がひとりいるわ。両親と兄はノースダコタに住んでいるからあまり会えないけど」

「きみはどうしてノースダコタを出たんだい？」

「大学を卒業したとき、こんな小さな町よりもっと刺激のある生活がしたいと思って魅惑の都市ロサンゼルスに行ったの」

「それで、ロサンゼルスは期待どおりだった？」

ケリーは苦笑いした。「ノースダコタでもできるような退屈な仕事しかなかったわ。銀行の貸付係じゃたいしてやりがいはないわ」

「それじゃ、どうしてそのままロサンゼルスにいたんだい？」

「わたしはつける薬のない楽観主義者だから。いつの日かすばらしいことが起こるんじゃないかって、ずっと夢見ていたの」

「そして、そのとおりになった」

「ええ、まあ」ケリーはなんとか誤解を解こうと、言葉を探した。最初からだますつもりだったと思われるのはいやだわ。

だが、エーリックは彼女に考える暇を与えずに言った。「真剣に願えばなんでもかなうと、ぼくはずっと信じているよ」

「そうとは限らないけど」ケリーは彼のハンサムな顔をじっと見つめながら、消え入るような声でつぶやいた。

「いや、そうだ」

「でも、宝くじがあたるように真剣に祈ったわけじゃないわ。ある日突然、思いもよらないことが起きたの」

「すばらしい出来事は全部そうして起きるんだ。こみあったパーティー会場できみと出会ったように」

「特別な出会いみたいに言わないで」

「ぼくたちが会ったのは運命だ」エーリックは身をのりだし、彼女の頬を優しく愛撫《あいぶ》した。

「きみがなんと言おうと、こうなる運命だったんだよ」

彼の低い声が呪文《じゅもん》のように耳にからみつく。ケリーの自制心はもう消えてなくなりそうだった。ああ、彼の唇にふれてほしい、その腕にかたく抱きしめられたい、そんな思いがこみあげてくる。

だが、意志の力をやっとの思いで奮い起こし、ケリーはからだを起こして椅子の背もたれに背中をつけた。

「もう遅いわ。明日の朝は早く起きないといけないの。そろそろ帰りましょう」

エーリックは反対しなかったが、車に乗ってから言った。「もう一箇所きみに見せたい場所があるんだ。月明かりを浴びると特別きれいなんだよ」

「今日はもうたくさん見たわ。これ以上見ても、感激できるかどうか」

「きっと気に入るよ、ぼくが保証する」

街の中心部にある大きなホテルの向かい側に、公園があった。曲がりくねった小道は大きな木の陰になり、両脇《りょうわき》の花壇に咲いている色とりどりの花もほの暗い光を浴びて色を失って見える。

小道を歩きながら、ケリーはなにげなく聞いた。「昼間のほうがきれいなんじゃないかしら?」

「これから見せるものは違うんだ」

そのとき、彫刻を刻んだ石づくりのアーチの下に音楽家の優美な銅像が見えた。顔の下にバイオリンをはさみ、高くあげた右手に弓を持っている。刻々と変わる月の光を浴びて、銅像はまるで生きた人間が音楽を楽しんで演奏しているようだった。

「あなたの言うとおり、とてもきれい」ケリーは思わず感激して声をあげた。「これは誰？」

「ヨハン・シュトラウス。彼はウィーンの音楽的遺産の象徴だとぼくはいつも思っているんだ」

「音楽が聞こえてきそう」ケリーはからだを前後に揺すりながら言った。

「踊りませんか？」エーリックはお辞儀をすると、手をさしだし、ワルツのメロディーを口ずさみながら軽やかに踊り始めた。

ケリーは楽しそうに笑い声をあげる。「すばらしい一日のしめくくりにぴったりだわ」

エーリックは不意に彼女のからだを抱き寄せた。「これで終わりにすることはない」

ケリーは身をかたくした。「エーリック、なにもかもぶち壊しにしないで」

「ぶち壊すなんてとんでもない」エーリックは唇を彼女の頬から唇へと滑らせていく。

「きみを喜ばせたいんだ」

「わたしを、それとも自分を？」

「相手のことを一番に考えない男なんて、男のうちに入らないさ」エーリックの手は背中を滑り、唇は耳たぶを優しくもてあそんでいる。

「やめて」ケリーは弱々しい声でそう言うと、肩をいからせてその唇を振り払った。

「それじゃ、これは?」そう言いながら、今度はじらすようにキスしてくる。「これならいい?」

ケリーは彼の肩をぎゅっと握りしめ、言葉もなくその顔を見あげた。やめなければと思うのに、口を開くこともできない。からだ中が痛いほど彼を求めていた。

エーリックはきらりと目を光らせ、顔を寄せると、彼女の唇にキスした。もうだめ、引き返せないわ。ため息をつきながら、ついにケリーは両手を彼の首に巻きつけ、情熱のおもむくまま彼のキスにこたえた。

彼女の反応に満足したように低いため息をもらし、エーリックは腕にさらに力をこめた。

「美しくて情熱的なぼくのケリー」彼は唇を離すと、ぼんやりしているケリーの顔中にキスの雨を降らせていった。「きみを一〇〇回でも抱きたいよ」

ふたたびふたりの唇が重なる。彼の手が胸のふくらみを這《は》うのを感じたケリーは、びくっと身を震わせた。むさぼるように求めてくる彼の唇や、情熱的な愛撫を繰り返す彼の手にふれられると、どんな不安もぬぐい去られていく。

最初にからだを離したのは、エーリックのほうだった。彼は両手でケリーの顔を包んで優しく話しかけた。「後悔はさせないよ。約束する」

その言葉がケリーのぼうっとした頭にかすかな警戒心を呼び覚ました。そして公園の外まで出たとき、赤信号で車がききーっと音をたててとまるのを見て、やっと理性が戻ってきた。まるで夢から覚めた夢遊病者みたいだ。どうしてこんなことになったのかしら？

エーリックの腕が肩にかかった。「ぼくの家まで車ですぐなんだ」

ケリーは彼の腕を振りほどいた。「わたし、行かないわ」つぶやくように言う。「お願い、ホテルへ連れて帰って」

「本気じゃないだろう」エーリックは彼女の顔を自分のほうに向かせた。「抱きあいたいのはきみだって同じはずだ」

「そんな……わたしは気軽にベッドをともにするつもりはないって言ったのに」

「今のぼくたちの気持ちを気軽と呼ぶのかい？」

「あなたは女性をその気にさせるのがとてもお上手だって聞いたけど」ケリーは慎重に言葉を選んだ。「本当に評判どおりだわ」

「きみは、ぼくがくどいていると思ってるんだね？」エーリックはあくまで冷静に言った。

「だって、そうでしょう。ベッドをともにするつもりはないってもうわかっているのに」

「さっきはそうは思えなかったな」エーリックは冷やかした。「草の上に押し倒さなかったのが間違いだったよ。でも、ぼくはふたりの気持ちがとけあう瞬間を味わいたかったんだ」

「意地悪ね」ケリーは、赤く染まった頬を彼の目から隠すように背を向けた。エーリックの言うとおりだ。もし彼があの場で抱こうとしたら、喜んで受け入れていたかもしれないもの。

「ごめん」彼は謝った。

「わたしも、ごめんなさい。そんなつもりじゃなかったんだけど」ケリーも消え入りそうな声で謝った。

「わかってるよ」エーリックは身をかたくしている彼女に腕を回して抱き寄せた。「ぼくたちふたりとも、同じ魔法にかかったんだ。でもきっとそのうち、きみにも自分の気持ちに気づく日が来るよ」彼の手はケリーの長い髪を撫《な》でている。「その日まで、ぼくは待つことにする」

「怒っていない?」ケリーは小声で聞いた。

「がっかりしたけど、怒ってはいないよ。もう大人だからね」

正しい判断だったとわかっていても、ケリーの胸は後悔で痛んでいた。

「さあ、送っていこう」エーリックは言った。


ケリーはぼんやりと考えごとをしながら服を脱いでいった。これでエーリックとは完全に終わりだ。こうするべきだったのだ。もしずっと会い続けたら、彼のものになるのは時間の問題だったのだから。そうなってから別れが来たら、今よりもっとみじめになるだけだ。そう自分に言い聞かせる。

「明日は買い物に行って、新しい服でも買うことにしよう」ケリーは鏡のなかの自分に向かって言った。「エーリックが言ったことは、ひとつだけ正しかったわ。もう少し贅沢《ぜいたく》を覚えなくちゃ」

そのときケリーは、彼に宝くじのあたったいきさつをきちんと説明しなかったことを思いだした。でも、そんなことはもうどうでもいいわ。


遅くまで出かけていたのに、その夜ケリーはよく眠れなかった。朝早く目が覚めて起きだすと、ヘンリエッタとのランチに着ていく服を買いに出かけていった。

女店員はケリーのジーンズとトレーナーを見て眉をひそめたものの、丁重に彼女を迎えた。「今日はなにをお探しですか？　パンツかしら？」そう言うと、パンツやドレスやアクセサリーをいろいろ引っぱりだしてくる。

「お願い。もうこれ以上なにも見せないで」一時間後、ついにケリーは音をあげた。「こんなに時間をかけるつもりじゃなかったんですもの」

「でもお客さま、この服はとても着回しがききますわ。この白いジャケットはスカートでもパンツでも合いますし、グレーのスカートはこのあいだお求めになったレースのボディースーツともぴったり。そうなると、このピンクのブラウスはいりませんね」店員は一番値段の安い服をとりあげた。「パーティードレスのコレクションもご覧になります？　素敵なのが入ったばかりですの」

「もう時間がないので」ケリーはきっぱりと断った。「グレーのスカートを持って帰りますから、残りは全部ホテルに送っておいてください」

ブティックを出ながら、ケリーは午前中一度もエーリックのことを思いださなかったのに気づいた。幸先《さいさき》がいいわ。そのうちあの男らしい低い声も、しなやかに動くたくましいからだも、だんだんに忘れられるに違いない。

ケリーはそんな思いを頭から振り払いながら、ホテルに戻り、ランチのために服を着替えた。

ヘンリエッタの家はすばらしく優美なタウンハウスだった。ケリーは制服に身を包んだメイドに案内され、リビングルームに通された。女性のにぎやかな話し声が聞こえてくる。どうやら、思っていたよりずっと大きなパーティーらしい。

ケリーが部屋の入口で立ちすくんでいると、ヘンリエッタが出迎えに来た。「またお会いできてうれしいわ」

「わたしも。素敵なお家ですね」ケリーはかしこまって言った。

「テキサスとは大違いでしょう」ヘンリエッタはにっこり笑った。「いらっしゃい。みなさんにご紹介するわ」

部屋には二〇人ほどの女性がいて、ヘンリエッタはそのひとりひとりにケリーを紹介して回った。最初の五、六人がすんだところで、ケリーは早くも名前を覚えるのはあきらめたが。

ひととおり紹介を終えないうちに、電話がかかり、ヘンリエッタはグラスののったトレイを運んでいる執事を手招きして呼んだ。「シャンペンでも飲んでくつろいでいてね。すぐに戻るわ」そうケリーに向かって言う。

ケリーはグラスをひとつ手にとって窓際に行くと、きらびやかな部屋のなかを見回した。とても格調高いインテリアだ。ソファは高価なダマスク織りで、金縁の額に入った油絵と燭台《しょくだい》が壁を飾っている。

エミー・ロススタインがそばにやってきた。「驚いたみたいね。こういう慈善パーティーに来るとわたしも同じだけど」そう言ってにっこり笑いかける。

「募金集めのパーティーとは知らなかったわ」ケリーが言った。

「運がいいと思わなくちゃ。ヘンリエッタの仲間に選ばれたのよ」

「わたしのこと、よく知らないのに」

エミーがにっこりと笑った。「あなたはアメリカ人でしょう。ヘンリエッタはここでも楽しく暮らしているけど、それでも生まれた国が懐かしいんじゃないかしら」

「古い友だちと別れて外国に移り住むのは大変でしょうね」ケリーは素直な気持ちを口にした。

エミーが急にまじめな顔をして言った。「選ぶ余地がないときもあるのよ」

「どうして？　あんな財産があったら、どんなことでもできるわ。それに、ヘンリエッタは愛情から結婚したって、あなたも言っていたのに」

「ええ、そうよ。ヘンリエッタは運がいいの」

そのとき、話題の主が戻ってきた。「放っておいてごめんなさいね。ハインリッヒときたら、探し物を自分で見つけるよりわたしに電話するほうが簡単だと思っているみたい。よかったわ、エミーがお相手してくれて」

「どういたしまして」エミーは笑った。「あなたが慈善の名のもとに、みんなを引きずりこむ手口をケリーに教えていたの」

「もちろん、できる人だけよ」ヘンリエッタは探るようなまなざしをエミーに向けた。

「ところで、お金持ちのボーイフレンドはいつこちらに来るの？」

「寄付のことならスタブロスはだめよ。彼はお金を出したら必ずその見返りを期待する人ですもの」エミーの笑顔が少し曇った。

ヘンリエッタは鋭い目でエミーをじっと見つめた。「その男性がどんな人か、わかるような気がするわ」

エミーはさっと話題を変えた。「この前の晩のパーティーは、エーリックが来ていて驚いたわ。どうやって引っぱりだしたの？」

「扱い方さえわかれば、エーリックは子猫みたいなものよ」ヘンリエッタは笑いだした。「いくらでも払うからそのこつを教えてほしいと言う女性が大勢いるわ。ケリー、あなたも会ったでしょう。彼、ハンサムだと思わない？」

「ええ、とても素敵な方ね」ケリーは気のない声で答えた。

「そのとおり、彼は素敵な人よ」ヘンリエッタは言った。「みんなプレイボーイだと思っているけど、女性が気を引こうとして群がるのはエーリックのせいじゃないもの」

今の言葉は黙ってやりすごせない。「彼のほうも女性を追いかけているんだと思いますけど」ケリーは冷ややかに言った。

ヘンリエッタは肩をすくめた。「そりゃあ男性ですもの、そうでしょう？　それでもエーリックはいろんな男性と比べて、ずっと立派だとわたしは思うの。だって、彼が誰かを利用するのを見たことがないもの。あの大物を射とめる女性は運がいいわ」

「エーリックがひとりの女性に落ち着くところなんて想像ができないけど」エミーが口をはさんだ。

「デートゲームにもそのうち飽きるわ。いずれ貴族の女性を選んで結婚して、跡継ぎをつくることになるでしょう」

誰がエーリックの未来の花嫁候補なのか、ケリーは知りたくもなかった。「ところで、お子さんはいらっしゃるんですか?」彼女は話題を変えた。

「ええ、大きな息子が三人いるわ。そのうちのひとりがテキサスで牧場をやっているの。そう言えば、今年はテキサス・レンジャーズはどう?」

そのときメイドが近寄ってきて言った。「お食事の用意ができました」

「ねえ、わかる?」ヘンリエッタはため息をもらした。「おもしろい話になるとこうなんだから。さあ、続きはまたあとにしましょう」そう言って、ほかのお客たちに食事を知らせに行った。

ダイニングルームもリビングルームと同じようにエレガントだった。天井からはガラスのシャンデリアがさがり、窓には高級な布地のカーテンがかかっている。大きなマホガニーのアンティークのテーブルの上には一メートルおきに花が生けてあった。ぴかぴかのテーブルには刺繍《ししゅう》を施した麻のランチョンマットが並び、その上に銀のフォークやナイフ、それにクリスタルのグラスが置いてある。

「並んで座れるといいわね」ケリーはテーブルの上に置かれた白い名札をさっと見て、エミーにささやいた。

「もし隣じゃなかったら、わたしが名札をすり替えるわ」エミーが茶目っ気たっぷりに答える。

でもその必要はなかったようだ。ふたりが並んで座れるように席が用意されていた。

「ランチがこれなら、ディナーはいったいどんなかしら？」ケリーはつぶやいた。

「美しいメイドが口のなかにブドウを入れてくれるのよ」エミーがふざけて言う。

「そう言われても、ぜんぜん驚かないわ」

白い手袋をしたウエイターがテーブルのまわりを回って、カボチャを小皿にのせていく。ケリーがこれはどうやって食べるのだろうと思っていると、ウエイターが上のふたの部分をはずした。そのとたん、なかにつめてあるシェリー風味のコンソメの湯気が立ちのぼる。

「カボチャの中身を全部くりぬくなんて考えられる？」ケリーが感心して言った。「もちろん想像もできないわよね。だってあなたはどこにキッチンがあるかも知らなそうですもの」

「そんなに決めつけないで。わたしたちがみなヘンリエッタのような暮らしをしているわけじゃないのよ」

「そりゃそうでしょうけど、でもあなたとわたしとは住む世界が違うの。だってわたしは生活のために働いているのよ」

「まあ、運がいいのね」

いったいどういう意味かしら、とケリーは思った。エミーの声は震えている。

「わたしもなにか役にたてたらいいのに」

「なにをしたいの?」

「さあ、わからないわ。だって、なにもできないもの」

「学校に行き直して、なにか技術を身につけたら?」

「時間がかかりすぎるわ。それにうまくいきっこないし」エミーが沈んだ声で言う。

ケリーは少しいらいらしてきた。「それじゃ負け犬だわ。もし人生に満足できないなら、自分で変えなくちゃ」

「わたしもそう思っているところ」エミーはスプーンをもてあそんでいる。「たぶん結婚すると思うわ」

「あまりうれしそうじゃないのね」ケリーは思わずそう言った。「もう少しよく考えたほうがいいかもしれないわよ」

「もう決めないといけないの。スタブロスはそう長くは待ってくれないわ」

「ヘンリエッタが言っていたお金持ちのボーイフレンドって、彼?」

エミーはうなずいた。「スタブロス・セオポリス。ギリシャ人の海運王よ」

「だいぶ年上なんでしょう?」ケリーは横目でエミーの様子をうかがいながら尋ねた。

「わたしは二一歳で、スタブロスは五三」

「ずいぶん年が離れているのね、あなたの……」ケリーはその先の言葉をのみこんだ。

エミーは苦笑いした。「でもお金持ちよ」

「そう」ケリーが口ごもりながら答えると。そのそばでウエイターがロブスター・テルミドールのパイづめを皿にのせていった。

「あなたたちアメリカ人はみな、貴族は誰でもお金持ちだと思っているんでしょうね」エミーが言った。

「あなたも貴族なの？」

「エミー・マーリーン・ロススタイン男爵令嬢」嘲《あざけ》るような声だ。「称号のなかでは一番下だけれど、両親にとっては大事なものなの」

「アメリカには称号がないから、どれも華やかな響きがあるわ」

「毎月、帳尻を合わせるために金策に走り回るとしたら、華やかだとは思わないでしょう」エミーがそっけなく答える。

きっとエミーの両親はエーリックが言っていたような、生活に窮している貴族なんだわ。でもエミーはとても分別がありそうなのに。本当にお金のために結婚するのかしら？

ケリーは慎重に言葉を選びながら口を開いた。「そりゃ慣れ親しんだ生活を変えるのは簡単なことじゃないけど、その気になればできるわ。働いたことがなくても、仕事は見つかるわよ」

「わたしがそう思わないとでも？　チャンスさえあればどんな仕事でもやりたいし、自立だってしたいわ！」エミーは興奮して頬を赤く染めた。

「それじゃ、どうしてそうしないの？」

エミーの顔が急に曇った。「あなたはご両親はいらっしゃる？」

「ええ、もちろん」

「お父さまはなんのお仕事をしてらっしゃるの？」

「父は高校の理科の教師よ」

「長く住んでいるお家はある？」

「ええ。兄とわたしが育った家よ」ケリーは懐かしそうにほほえんだ。「母が兄のスタンを身ごもったときに買ったの。今は子供たちがふたりとも家を出てしまったから、両親には広すぎるけど、引っ越すことは考えられないでしょうね。両親のルーツはそこにあるんですもの」

「それなら、何世紀ものあいだ一族の家だったお城への、わたしの両親の思い入れもわかってくれるはずよね」

「ええ、わかるけど、でも事情が少し違うと思うの。お城は莫大《ばくだい》な維持費がかかるし、崩れ落ちそうな古い宮殿よりも住み心地のよいアパートメントに移ったほうが楽に暮らせるんじゃないかしら？」

「破産したことを友だちに知られたくないわ」

「友だちなら同情してくれるものよ」ケリーは少しきつい口調で言った。

「あなたにはわからないのよ。年老いた貴族にとっては体面を保つことがとても大切なの。破産さえしなければ、どんなことでも許されるわ」エミーは冷めた口ぶりで言った。

「それじゃ、自分の将来を犠牲にしてでも、一族の財産を守るつもりなのね。でもご両親は本当にそれを望んでいると思う？」

エミーはほとんど手をつけていない皿に顔を向けたまま、あげようとしない。「両親は、スタブロスはわたしの支えになってくれると思っているもの」

ケリーはびっくりした。エミーの両親はくだらない伝統のために娘を犠牲にするつもりなんだわ。エミーもすっかり洗脳されて言いなりだなんて！

「ご両親の考えはどうでもいいの。あなたの人生なのよ。父親よりも年上の男性と結婚することを、あなた自身はどう思うの？」

エミーはその質問には答えなかった。「両親にとってもチャンスだわ。断れると思う？父はビジネスの才能がないから、財産を使い果たしてしまったの。残っているのはプライドだけ。もしわたしが助けてあげなかったら、もっとみじめになるだけなのよ」そう言うと、困ったように笑みを浮かべた。「どうしてこんなことをあなたに言ったのかしら」

「きっと同情しそうな顔をしているのよ」ケリーは冗談めかして言った。「でも、私にローンの申しこみにくる人はそうは言わないでしょうけど」

「慈善団体の会計を手伝っているの？」

「まさか。わたしは銀行の貸付係なの」

「ずいぶんお給料がいいんでしょうね。この前のパーティーのときのドレスなんて、とてもわたしのおこづかいじゃ買えないわ」

「そんなことで判断しちゃだめよ」そう言ってケリーは笑った。「買ったときは普段のわたしじゃなかったんだから」

エミーはケリーの着ている服を値踏みするように目を走らせた。「わたしも服のことなら少しはわかるけど、あなたの服はバーゲンで買ったものじゃないでしょう」

「前はそうだった……少なくともバーゲンになるのを待って買っていたわ。なんの気なしに買った宝くじがあたるまではね」

その話をするとみんなびっくりするが、エミーも例外ではなかった。「まあ、素敵！これまでおとぎ話なんて信じたことがなかったけど、わたしも今度宝くじを買ってみようかしら」

「わたしなら奇跡が起きるのを待ったりしないけど」

「違うわ、わたしは奇跡を待っているんじゃないわ」エミーはそう言うと、椅子に深く座り直して背筋をのばした。「ごめんなさい、あなたをひとりじめしているみたい。お食事が終わりそうなのに、ほかの人とお話ししてないわね」

言い方はていねいだが、エミーはしゃべりすぎたのを後悔しているのだろう、とケリーは思った。それからは、ふたりとも別の人たちとおしゃべりをして食事を終えた。

デザートが終わり、最初に通された応接室に戻ってコーヒーを飲んでいると、ぽつぽつ帰り始める人も出てきた。ケリーもそろそろ失礼することにした。残っているのは慈善団体のメンバーが多い。その人たちは集まって次の募金集めの打ちあわせをしていた。

ケリーは挨拶《あいさつ》をしようとヘンリエッタを捜した。「今日はお招きありがとうございました。とても楽しかったわ」

「いいえ、こちらこそ。エミーとお話がはずんだみたいでよかったわ」

「初めて会ったときから気が合ったの。とても話しやすい方ですね」

「エミーはいい子よ。ただ……」ヘンリエッタは言いかけた言葉をのみこんだ。「まあ、いいわ。本当に帰らないといけない？　まだお話もしていないのに」

「ほかにもお客さまがいらっしゃいますもの。しかたないですわ」

「ほかのみなさんもまだお帰りにならないみたいだし」ヘンリエッタはため息をついた。「待っていていただくわけにもいかないの。五時にカクテルパーティーに行かないといけないので」

「気になさらないで。お忙しいのはよくわかってますから」

「この街にいるといつもこうなのよ。ハインリッヒの気持ちもわかるわ。主人はかた苦しいのが大嫌いなの。ときどき庭師に間違えられて大笑いしているわ」

「素敵な方ですね。お会いできなくて残念だわ」ケリーは単なる社交辞令のつもりでそう言った。

「そうだ、いいことを思いついたわ！　どうして今まで気がつかなかったのかしら？　今度の週末に何人かお客さまをお呼びすることになっているんだけど、あなたもご一緒にいかが？」

「そんなつもりじゃなかったんです」ケリーはあわてて言った。

「もちろんわかっているわ。でも、いい考えでしょう？　田舎の家ではのんびりと好きなことができるわ。一緒におしゃべりしましょう。ほかになにか予定があればしかたないけど」

「いいえ、まだ決めてませんわ」

「よかった。エミーも来るのよ」ヘンリエッタは部屋を見回すと、エミーを手招きして呼んだ。「週末にケリーも来ることになったの。一緒に連れてきてくれる？」エミーに向かって言う。

「喜んで。でもわたしは両親の家から行くの。今晩向こうに行くつもりだから」

ケリーはなんだか足手まといのような気がしてきた。「わたし、車を借りて自分で運転していきますから」

「ちょっと待って。いいことを思いついたわ」ヘンリエッタがぱっと目を輝かせた。「クルトも呼ぶことにしましょう。ちょうど玄関のテーブルを彼に探してもらおうと思っていたから、はかりに来てもらういい機会だわ。まだ予定が入ってないといいんだけど」

「大丈夫。もし予定があっても、彼は必ずキャンセルするわよ」エミーが皮肉っぽい口調で言った。

「そうよね、彼はケリーがお気に入りみたいですもの。きっと楽しい週末になるわ。わたし、若い人たちが大好きなの」

「ほかに誰が来るの?」

「少しだけよ。エーリックも来られたら来ると言っていたわ。あてにはしていないけど、もう一度電話をしておかなくちゃ。彼がガールフレンドでも連れてきたら全部で八人になるわね」

「あとひとりは誰?」エミーが聞いた。

「ナイルズ・ウエストベリー、オックスフォードから来た留学生よ。とても魅力的な青年なの」

「わたしがそう思えばいいと思っているんでしょう」エミーがそっけなく言う。

「わたしはどのお客さまも気の合う人と楽しく過ごしてほしいと思っているだけよ」ヘンリエッタはあくまで穏やかに受け流した。「さあ、これで決まったわ。土曜日の朝早くいらっしゃいね」

「もしエーリックが来たらおもしろくなるわ」一緒に帰り支度をしていたエミーがケリーに言った。「エーリックとクルトはお互いに相手を嫌っているのよ」

「ヘンリエッタはそれを知らないの?」

「いいえ、ちゃんとわかっていると思うわ。でも彼女はちょっとうまの合わない相手とでも、うまくやっているもの。だからほかの人もみんな同じだと思っているのかもしれない」

だが、ケリーはそれとは別のことで頭がいっぱいだった。エーリックと二日も同じ屋根の下にいると思うだけで、気が重い。でも、きっと来ないわ。ヘンリエッタはあまりあてにしていないふうだったもの。

とにかく、お城に滞在するチャンスなんて生涯に何度もあるものじゃない。それをエーリックのために台なしにすることはないわ。

4

　ケリーの複雑な気持ちをよそに、クルトは大喜びだった。「ヘンリエッタから電話があったときは夢かと思ったよ」郊外の道を車で走りながら、彼は熱っぽく言った。「きみと二日間も一緒に過ごせるんだから」

「ほかの人たちも一緒よ」ケリーは念を押した。

「誰が来るのかな。まあ、きみさえいればどうでもいいけど」クルトは横を向いて彼女ににっこり笑いかけた。

「エミーと、イギリス人の青年が来るんですって。ヘンリエッタは柄にもなくキューピッド役をかってでたみたいよ」

　クルトは顔をしかめた。「エミーはギリシャ人の大金持ちと婚約していると思っていたけど。浮気しているのが知れたら、婚約はぶち壊しになるぞ」

「あなたは本当にふたりがお似合いだと思う？」

「なにを言っているんだ。相手は大金持ちだぞ！　エミーの抱えている問題はすべてこれで解決できるんだ」

「エミーがたとえお金のために結婚しなければならないと思いこんでいるとしても、もっと若い男性を相手に選ぶべきだわ！　そう、たとえばエーリックとか」むっとしたケリーはわざとエーリックの名前をあげた。

「あいつがいい夫になると思う？　あんな男と結婚する女性がいたら、頭がおかしいよ！」

「でもお金持ちだわ。あなたの考えではそれが一番大事な条件なんでしょう？」

クルトは気まずそうに横目でケリーの様子をうかがった。「エミーの場合は特別なんだ。ぼく自身は愛情がなかったら結婚しないつもりだけど。だからこんなに遅くなってるんだよ」

「そう、がんばってね。いつかぴったりの女性が見つかるわ」ケリーは軽く受け流した。

「もう見つけたよ」クルトが小声でつぶやく。

「それはこのあいだ話しあったでしょう。わたしは今は誰とも深いおつきあいはしたくないの」

「エーリックとも？」クルトは不機嫌そうに言った。

「あれからエーリックとは会ってないもの」ケリーはあの夜のいきさつを思いだして、口をつぐんだ。「きっともう電話はないわ。そう言ったでしょう？」

「もうこの話は終わり、いいわね?」

「でも、きみは待っている」

「まったく、ばかばかしいわ」ケリーはいらだってきた。「もうこの話は終わり、いいわね?」

「ごめん」クルトは彼女の手をとった。「考えすぎなのかもしれない。でも、エーリックにはかなわないと思うとたまらないんだ。あいつは金持ちだし、階級だって上だ。女性を引きつけるものを全部持っているんだ」

エーリックが女性にもてるのはそんな理由からじゃないとケリーは思ったが、それを口にはしなかった。「あなたにふさわしい女性なら、そんな基準で男性の価値を決めたりしないわ。はりあうのはやめて、自分のよさを再認識するべきよ」

「本当にそう思ってくれるんなら、うれしいけど」

「もちろんよ。今そう言ったじゃない」

「きみは親切心からそう言っているだけだよ」クルトはため息をついた。「気持ちはありがたいけど、きみはこの何日かで変わった。ぼくにはわかるんだ」

「またそんな。でも、もうなにも言わないわ。だってあなたはエーリックのことになると被害妄想気味なんですもの」

「あいつのことだけじゃないさ。きみだって最初はぼくの誘いを喜んで受けてくれたのに、友だちに紹介したら、もうデートもできなくなってしまった」クルトは悲しそうに言った。

「いつもなにか言いわけを見つけて断られてしまう」

ケリーは良心がとがめた。彼の言うとおりだわ。楽しい相手じゃないかもしれないけれど、この旅行を思い出深いものにしてくれたのはクルトだ。用がすんだからってぽいと捨てるのはよくないわ。

「そう思わせたのはわたしの責任だわ」ケリーは優しく言った。「ヘンリエッタが一緒に車でいらっしゃい、と言ってくれたときはとてもうれしかったのよ」それは嘘《うそ》ではない。車で送ってくれる人が見つかって、実際うれしかったもの。

「でも、ぼくほどじゃない」クルトはもう一度彼女の手を握った。車はハイウェイをおりて曲がりくねった田舎道に入っていく。「この週末は楽しみだぞ」

「わたしもよ。あとどれくらいかかるの？」

「このあたりはもうヘンリエッタの土地だよ」

車は、小鳥や木を駆けのぼるリスをときおり見かける以外人影もない、うっそうと茂った森のなかを走りぬけていく。

ケリーは窓の外に目を凝らした。「お城は大きいんでしょう。もう見えてもいいはずよね？」

「土地が広いから。お城の近くはここほど木が茂っていないよ。敵が近づいたらすぐわかるように、切り開いてあるんだ」

「この場所で騎士たちが戦ったなんて信じられないわ」

「何度も何度も戦場になったたよ。ドルンベルゲル城は何世紀ものあいだ、重要な拠点だったんだ。ゲルマン族や、ベネチア人、トルコ人の攻撃を受けても、ドルンベルゲル家はずっとこの砦《とりで》を守り続けた。そのころからお城はあまり変わっていない。すばらしいことだよ。ハインリッヒはお城をこのままの姿で保存しようと力をつくしているんだ」

森をぬけると、すばらしい景色が目の前に開けた。青々とした芝生のまんなかに石づくりの大きな城がそびえたっている。尖塔《せんとう》にはツタがからみつき、花壇に咲く色とりどりの草花が建物のものものしい印象を和らげていた。

「どう?」クルトが聞いた。車は車寄せを回り、いかめしい玄関の扉の前にとまった。

「思っていたとおりかな?」

「まるでタイムスリップしたみたい」ケリーは大きく息を吸いこんだ。「今にも使用人が現れて、ファンファーレで迎えてくれそうな気がするわ」

クルトはくすくす笑った。「ヘンリエッタはラッパの出迎えはしないよ。それ以外はなにもかも期待どおりだと思うけど」

出迎えたメイドに荷物を渡し、そのあとをついて玄関に入ったケリーは、口をぽかんとあけて見回すばかりだった。玄関ホールの壁には金縁の重々しい額に入ったドルンベルゲル家の代々の当主の肖像画がかけられている。そして、そのあいだを縫うように、鎧《よろい》かぶとや鋲《びょう》を打ったこん棒、それに宝石をちりばめた刀が置いてあった。

「がらくたに驚かないでね」ヘンリエッタが玄関まで出てきた。「なにも木の椅子に座らせて肉をそいだりするわけじゃないから。ここ以外はもっと居心地よくなっているわ」

「まあ、早く見たいわ」ケリーはうずうずした。

「ハインリッヒが喜んでご案内するわ。今、エミーとバラ園にいるの。会いに行きましょう」

ハインリッヒ・ドルンベルゲル伯爵は背が高いハンサムな男性で、とぼけたユーモアのセンスの持ち主だった。ヘンリエッタとは言いたいことを言いあっているが、ふたりが仲がいいのはひと目でわかった。

「来てくださってうれしいですよ」ハインリッヒはケリーに向かって言った。「妻から美しい方だとは聞いていましたが、まったくそのとおりだ」

「わたしと一緒にパーティーにいらしてたら、もっと早く会えたのに」ヘンリエッタが言葉をそえた。

「わたしはきみのように忍耐強くないのでね」そう言ってハインリッヒは妻にほほえみかけた。「それに、ここにいればきみが選んだ最高の人たちを連れてきてくれるから、退屈な人に会わなくてすむ」

エミーは笑いだした。「ねえ、楽しい人でしょう？　バラの世話のほうがおもしろいなんて、想像ができないわ」

「とてもきれいなバラですわ」ケリーは言った。「こんな色のバラは初めて」

ケリーが指さしたのは、目を見はるようなバラが咲き誇っている一角だった。花びらの中心は黄色だが外側に向かってだんだん白くなり、一番外側の花びらはワインレッドに染まっている。ほかにも虹《にじ》のように色とりどりのバラが美しく咲き乱れていた。

「あれはダブル・ディライトと言って」ハインリッヒが説明した。「一九七四年のアメリカの品評会で優勝したものなんだ」

「さあ、そろそろ荷物をほどいていただきましょう」ヘンリエッタが言った。「ケリーは青の部屋に泊まっていただくことにしたわ」それからクルトに向かって言う。「案内していただける？　あなたは廊下のつきあたりのいつもの部屋よ」

ケリーが通された部屋は厳かな雰囲気でまとめられていた。天蓋《てんがい》つきのベッドには、カーテンとおそろいの金の刺繍《ししゅう》を施されたダマスク織りのカバーがかかり、暖炉の前には長椅子が置かれている。そしてそれを囲むように、金張りの優美な椅子が並べてあった。最高級の家具調度だけを見たら身がすくみそうだが、そこここに生けられた花や小さな思い出の品々がこの部屋を生き生きと見せている。

「なんて素敵なお部屋なのかしら！」ケリーは思わず声をあげた。

「それじゃ、一五分したらまた来るよ。そのあいだに荷物は整理できるかな?」クルトが言った。

「もちろん」

ケリーは急いで服を整理すると、残りの時間で贅《ぜい》をつくした部屋をじっくりと見て回った。バスルームは特にすばらしかった。現代的な設備が整っているうえに、遠い昔の雰囲気が見事に再現されている。金色の爪で支えられた大きな大理石のバスタブがまんなかに置かれ、洗面台は大きな貝の形になっていた。バスタブの横のテーブルにはドルンベルゲル家の紋章が金色で刺繍された分厚い白いタオルが積んであり、その横にはシャンプー、バブルバス、ボディーローションが並んでいる。

ケリーがまだ全部見終わらないうちに、クルトがドアをノックした。

庭から響いてくる声が大きくなり、別のお客が来ていることをうかがわせる。そうだ、エーリックのことを忘れていたわ。不安が現実にならないように祈りながら、ケリーは両腕でからだをしっかり抱きしめた。だが、不安は的中した。

エーリックが椅子に座り、こちらを向いてゆったりくつろいでいる。その姿はファッション雑誌のグラビアのようだ。クリーム色のフランネルのズボンにシルクのシャツという普段着で、ボタンをはずした襟もとにアスコットタイを結んでいる。日の光が髪を深みのある栗色《くりいろ》に染め、笑っているグリーンの瞳をきらきら輝かせていた。

彼の隣にいるのは、このあいだのパーティーでクルトが言い争っていた女性だ。

「足りないものはなかったかしら？」ヘンリエッタが立ちあがってふたりを出迎えた。

「ええ。とてもすばらしいお部屋ですわ」ケリーは横にいるふたりから目をそらして言った。

「ゆっくりなさってね。さあ、こちらにいらっしゃい。ご紹介するわ。エーリックはもう知っているわね」

「ええ」エーリックは立ちあがると、にこやかに言った。

「そしてこちらがマグダ・シラー」ヘンリエッタが先を続けた。

マグダはかすかにうなずくと、クルトに顔を向けた。「今週は会えないはずじゃなかったかしら」冷ややかに口もとをゆがめて言う。「ブダペストに行ったんじゃなかったの？」

「その……それは、急に予定が変わったんだ」

「これでわかったわ」マグダはケリーをじっと見つめた。

「なにをお飲みになる？」ヘンリエッタが聞いた。「みなさんはアペリティフだけど、わたしはアメリカ式にブラディーメリーなの。ご一緒にいかが？」ケリーに向かって言う。

「ええ、ぜひいただきますわ」ケリーは答えた。

「ウィーンは楽しいかい？」エーリックがきいた。

「ええ、とても」ケリーはそっけなく答えた。

「なにが一番印象に残ってる?」

「どれが一番ということはないわ」ケリーはできるだけ冷静に答えた。

「それは残念だ」エーリックは小さな声で言った。「きみはまだウィーンの魅力を十分に味わっていないのかもしれない」

気まずそうなふたりに気づいたエミーが、あわてて口を開いた。「ケリーはとっても運がいいのよ。宝くじがあたって、なんでも思いどおりにできる身分になったんですって。すごいと思わない?」

「ほう、それはそれは」ハインリッヒが言った。「話には聞いても、本当にあたった人はめったにいないものだが」

その話題が出るたびにケリーは誤解を解いておきたいと思うのだが、今は少し間が悪いと感じた。

ためらっていると、マグダが嫌味を言った。「もしお城を買いたいのなら、ちょうどいいところにいらしたわ。売り物がたくさんありましてよ。ねえ、クルト?」

「やめたほうがいいわ。セントラル・ヒーティングを入れるのにひと財産かかるのよ。ご先祖さまはこの寒い冬をいったいどうやって生きのびてきたのかしら」ヘンリエッタが夫に向かって言う。

「だから十字軍は暖かいところに出向いていったのさ」そう言ってハインリッヒはにっこり笑った。

「ねえ、ハインリッヒ、あなたのバラを今度はゆっくりケリーにお見せしたらどう？　さっきはあわただしかったから」ヘンリエッタが気をきかせて言った。

「わたしも行くわ」エミーも立ちあがった。「バラは何度見ても見飽きないわ」

ハインリッヒは先頭にたって、広い庭のあちらこちらで立ちどまりながら案内していった。「この品種はイギリスで交配されたものなんだ。小さな花が集まっていて、アジサイによく似ているだろう」

ケリーは身をかがめてにおいをかいでみた。「まあ、いい香り。夢中になられるのがわかりますわ。どれもとってもきれいですもの」

「バラには不思議な魅力があるんだよ。そう言えば、メアリー・ワシントンのバラが……」

ハインリッヒが説明しかけたとき、メイドが電話がかかっていると呼びに来た。

ハインリッヒが席をはずすと、エミーがきいた。「あなた、本当にバラに興味があるの？　それとも、あの鬼のようなマグダから逃げただけ？」

「まあ、うまい言い方。どうして彼女はあんなにわたしにあたるのかしら。わたしがなにをしたと言うの？」

「マグダはクルトのガールフレンドなのよ」エミーは説明した。

「本当に？　でもエーリックと一緒に来ているじゃない」

「それにはちょっと驚いたわ。どうしてエーリックはマグダを連れてきたのかしら。彼女はぜんぜんエーリックのタイプじゃないのに」

「どうしてそう思うの？　とてもきれいだわ……お化粧が濃いけど」

「数年前、マグダはエーリックに言い寄ったんだけど、彼は相手にしなかったから」

「ということは、きっとエーリックの気が変わったのね」

「というより、たぶん、クルトへのあてつけだと思うわ。きっとマグダはヘンリエッタからクルトが来ることを聞いたんだわ」

そしてたぶん、エーリックもクルトが来ることを聞いたに違いない。そう考えると、ケリーは沈んだ気持ちになった。エーリックはふたり一緒に仕返しをするつもりだわ。「エーリックとヘンリエッタは友だちでしょう。そのパーティーをぶち壊しにするなんて卑《ひ》怯《きょう》だわ」

「エーリックらしくないわ。確かにエーリックはクルトを嫌っているけれど、それを態度に表すような人じゃなかったのに。ひょっとしたら、本当にクルトが来ることを知らなかったのかもしれないわ」

「それなら、マグダへは個人的な興味があるということになるわね」ケリーはぎこちなく言った。

「でも、マグダとクルトはもう何年もつきあっているのよ。結婚は時間の問題だわ」

「なんでしないの？」

「お金よ。ふたりともお金がないの」

「この国の事情はよくわからないわ。アメリカではほんの数ドルで結婚許可証がもらえるのに」

「マグダは早くしたいんだけど、クルトは結婚したら生活にさしつかえると思っているみたい。彼はあちこちのパーティーに引っぱりだこだから、そこでいろいろコネを見つけてくるの」

「マグダが不安になる理由がだんだんわかってきたわ」ケリーはうんざりしたように言った。「彼のどこが好きなのか、わたしにはよくわからないけど」

「あまりクルトを責めないで。なんとか生き残ろうと必死なのよ」

ふと、エーリックの言葉がケリーの頭に浮かんだ。彼なら自分で切り開いていくだろう。でも、クルトはエーリックとは違うのだ。わたしは少しクルトに厳しすぎるのかもしれない。

「なにも心配しなくていいって、マグダになんとかして伝えられないかしら」ケリーはため息をもらした。「一緒にいるあいだ中、刺《とげ》のある言葉を聞かされると思うと、うんざりするわ」

「ヘンリエッタのそばにぴったりついているといいわ」エミーが言った。「彼女のそばではマグダもそうひどいことはしないでしょうから」

みんなのところに戻ると、素敵な青年の顔が見えた。ヘンリエッタがその青年ナイルズ・ウエストベリーをみんなに紹介していると、ハインリッヒが家のなかから出てきた。そのあとをついてきたメイドが、テラスにテーブルを広げてランチの準備をしている。

「ナイルズは大学院で建築の勉強をしているのよ」ヘンリエッタがみんなに向かって言った。「エミー、誰かお友だちにでも紹介してあげて。ウィーンには誰も知りあいがいないんですって」

「ええ、できることがあれば喜んでいたしますわ」エミーは答えた。

「それはご親切に」ナイルズは魅力的な笑みを浮かべた。「いつか一度お食事でもしてくれませんか。ひとりでウィーンの街をうろつくのは寂しいものですよ」

「あなたが男性で残念ですわ」マグダはくすっと笑った。「クルトはお客さまをご案内するのが大好きなんですよ。ただし、お相手は女性に限るけど」

「きみならナイルズにどこをすすめる？」エーリックがケリーに向かって言った。「きみはどこが気に入った？　そう、市立公園とか。あそこはとてもよかっただろう？」

エミーがさらに困った質問を投げかけてくる。「あの金色のヨハン・シュトラウス像は最高でしょう?」

「あの……よく覚えていないわ」頬が赤くなってないか、ケリーは心配になった。「きれいな銅像をたくさん見たから、全部まざってしまって」

「そうだね。なにか特別な思い出でもなければ、全部ごっちゃになってしまうだろうな」エーリックは優しく言った。「でもあれは有名なんだから」エミーが言いはった。「覚えているはずよ、ケリー。高い台の上にあって、今にも踊りだしそうな銅像よ」

「それは素敵だな」

ナイルズのなにげないひと言に、ケリーは救われた気分だった。

「ぼくと一緒に見に行ってくれますか?」エミーに向かって言う。

「わたしよりも、誰かお連れできる人を紹介するわ。フィアンセのいる女性と出歩いても時間の無駄でしょうから」

「それは……知らなかった」

「そんなこと聞いてないわ」ヘンリエッタが思わず声をあげた。「いつ決心したの?」

「わたしの私生活なんて、誰も興味ないでしょう」エミーは明るく答えた。

ナイルズは困ったように笑っている。「ぼくはそれほどもてるほうじゃないけど、デートを断るために婚約を決意した女性は初めてだな」

「あなたにはなんの関係もないの」エミーはすまなそうに言った。「ずっと考えていたことだから」

「そしてぼくがその決心をつけさせたんだね？」

「いいえ、違うわ！　あなたはとても素敵な方みたいですもの。こんな事情でもまだ誘ってくださるなら、喜んでおともしますわ」

「さあ、話はついたわ。お昼にしましょう」ヘンリエッタが満足げに言った。「初めていらした方はどこでも好きなところに座って。田舎ではかた苦しいことはぬきよ」

ビュッフェスタイルの食事もまた、お城のたたずまいにふさわしく豪華だった。ターキーの丸焼きに、ハム、そしてアスパラガスとマッシュルームのつめもの、そして何種類ものサラダと山盛りのフルーツが用意されている。

皿に料理をのせると、ケリーはエミーの忠告どおりにヘンリエッタの隣の席に着いた。エーリックの存在をこれほど意識しないですめば、とても楽しい食事だったのに、とケリーは思った。皿から顔をあげると必ず、楽しそうにマグダに笑いかけたりハインリッヒと議論をしているエーリックが目に入る。緊張している様子はまったく見えない。わたしのことなんてぜんぜん気にしてないんだわ。ケリーは苦い思いを噛《か》みしめた。

食事が終わると、ヘンリエッタがみんなに向かって言った。「ビリヤードでも映画でも、読書でもなんでも好きにしてちょうだい。わたしとケリーはお散歩に行きますから」

そして木立を縫って歩きながら、ヘンリエッタは言った。「ねえ、言ったとおりでしょう。ここならふたりでお話できるって」

「別世界のようだわ。どうして田舎がお好きなのか、よくわかります」ケリーは言った。

「場所は関係ないの。お城もいいけれど、ハインリッヒさえいればわたしはどこでも幸せよ」

「あなたは運のいい方ですわ」ケリーは心からうらやましそうに言った。

「誰かを愛したことは？」ヘンリエッタが尋ねる。

「愛ってなんなのか、まだよくわからなくて」ケリーは口ごもりながら答えた。「愛と情熱はどこが違うのかしら？」

「続くか続かないかでしょう。でもその違いがわかるころには、たいがいばかなことをしでかしているものよ」

ケリーは折った小枝からぼんやりと葉をむしりとった。

「この旅行は不実なボーイフレンドを忘れるため？」ヘンリエッタが聞いた。

「いいえ」ケリーはそう言ってほほえんだ。「冒険をしに来たんです」

「その願いはかなった？」

「期待していたよりはるかにすごい経験ができましたわ」

ヘンリエッタはちらっとケリーを振り返った。「アメリカ人は貴族の称号に目がくらむけど、ハインリッヒのようないい人ばかりじゃないのよ」

「公爵夫人なんて……もちろん伯爵夫人でも男爵夫人でもですけれど、なろうなんて思ってもみませんもの」あわてて話題を変える。「テキサスに最後に帰られたのはいつですか？　この前の選挙はこちらでもニュースになってました？」

ふたりは政治の話から、都市問題やスポーツにいたるまでいろいろな話をしながら、森のなかを歩いていった。知識の豊富なケリーにヘンリエッタは次々に質問を浴びせてくる。会話を楽しんでいると、ふとあたりが開けた。美しい池が目の前に現れ、白鳥が優雅な姿を水面に浮かべている。

「まあ、きれい！」ケリーは感激して言った。

「気に入ってくれると思ったわ。少し座らない？」

と、そのとき、かさこそと音がして、エーリックが姿を現した。「ここだろうと思ったよ」

せっかくの穏やかなひとときに邪魔が入って、ケリーはがっかりした。「お友だちのお相手はしなくていいの？」かたい声で言う。

「マグダは忙しいんだ」

「ちょうどよかったわ、エーリック」ヘンリエッタが立ちあがった。「わたしはコックに夕食のことを言ってこないといけないの。ケリーが森のなかで迷わないように気をつけてあげて」

「わたしも一緒に行きます」ケリーも急いで立ちあがった。

「まあ、そんなこと言わないで、ここでゆっくりしていらっしゃい」そう言うと、手を振りながらヘンリエッタは歩きだした。

「わたしも帰らないと」ケリーが言った。「クルトが心配するでしょうから」

「行かないで」エーリックは彼女の腕をつかんだ。「さっきのこと、謝りたいんだ」

「なんの話か、ちっともわからないわ」

「いやなことを思いださせたりして悪かった。でもあの日全体は悪くなかっただろう？昼の食事も、観光も楽しそうだったけど」

ケリーは、あの一日のために彼がどんなに心を砕いてくれたかを思いだした。「とても楽しかったわ。ただ……」そこで彼女は口ごもった。「月の光を浴びたあなたは、あまり素敵すぎて、つい……」

エーリックはほほえみ返した。「そうでもないさ」

昼間の彼も同じくらい魅力的だわ、とケリーは思った。そのしなやかな長身がこんなにそばにあると思うと、胸がうずくのをどうすることもできない。

池の上を滑るように動く白鳥に目を向けながら、ケリーは言った。「お互いに行き違いは解決したし、あのことは忘れましょう」

「また友だちになれるかい？」

「ええ……だといいけど。手ごわい敵になるかもよ」

「どうして？」

「ひとつには、あなたがクルトに復讐《ふくしゅう》しているから。彼のガールフレンドを連れてきたのは偶然じゃないわ。ふたりのあいだに波風をたてようとしたんでしょう」

「そうだとしても、きみの論理はよくわからないな。クルトがほかの誰かとデートするのはかまわなくて、マグダは同じことをしたらだめなのかい？」

「それは違うわ。ヘンリエッタがクルトにわたしを連れてくるように頼んだの」

「ヘンリエッタに頼まれただけなら、どうしてブダペストに行くなんて嘘をつくんだ？」

「本当にそのつもりだったのかもしれないわ。あなたは、クルトのすることはなんでも裏があると思っているんでしょう」

「ぼくはきみよりクルトという人間をよく知っているからね」エーリックは沈んだ声で言った。

「そんな決めつけるような言い方、あなたらしくないわ」

エーリックは不機嫌そうな目でケリーをじっと見つめている。「あの男にすっかり丸めこまれているようだな」

「そんな言い方しないで。あなたほど批判的じゃないだけよ。そりゃあ誰だって欠点はあるでしょうけど、クルトはとても親切にしてくれたわ」

「これ以上言うと卑怯者だと思われそうだ」エーリックは自分に言い聞かせるようにつぶやいた。

「それなら言わないで。どんなに話しても平行線をたどるだけだわ。もうこの話は忘れましょう」

「ああ、きみの言うとおりだ」エーリックはため息をついた。

「さあ、そろそろ帰らないと。ヘンリエッタが心配するわ」ケリーは言った。「ここは本当にきれいなところね。あなたのお城もこんなかしら？」

「まわりはこんな感じだけど、家は狩りのための小屋ってところだ。こんな豪華じゃない」

「あら、あなたもお城を持っているのかと思ってたわ」

「がっかりしたみたいだね」

「少し驚いただけ。どんな没落貴族でもお城を持っているみたいだから、当然あなたも、と思ったの」

「以前は持っていたよ。でも、今は子供のためのホスピスになっている」

「まあ、なんて気前がいいの！」

エーリックは肩をすくめてみせた。「あんなだだっ広い古い建物は、家族が大勢いた時代にはよかったかもしれないけど、今となっては時代錯誤だよ。あんなたくさんの部屋、必要ないだろう？　もし住んでみたいなら、売りに出ているお城がたくさんあるよ。ただし費用がかかるけど」

ケリーは言おうかどうしようか迷ったが、思いきって口を開いた。「あの、言っておきたいことがあるんだけど」悪気はなかったのをわかってくれるかしら。「最初に飛行機で会ったとき、クルトはひどく体裁屋だと思ったの。でもその後、とても親切にしてくれるようになったわ」

エーリックは相変わらず不機嫌そうな顔をしている。「彼の話はしない約束じゃなかったかな」

「これはクルトのことじゃなくて、わたしの気持ちのことなの。とにかく、雑誌で読んだことしかないようなきらびやかな世界をのぞいてみるチャンスを彼がつくってくれたのよ」

「彼の魅力に目がくらんで、本当の姿が見えないのか。残念だな」エーリックは急に立ちあがった。「家まで送ろう」

「まだ話は終わっていないわ」

「きみの人生だ」彼はそっけなく言った。「好きにすればいい。さあ、行こうか？　そろそろマグダのところに帰らないと」

「どうぞお先に。わたしはひとりで帰れるから」ケリーはかたい声で言った。「道なら教えてもらわなくてもわかるわ」

エーリックは激しい感情をそのハンサムな顔にみなぎらせ、じっとケリーの顔を見つめている。「置いてきぼりにしたとは言わせないぞ」彼はかすれた声で言った。

エーリックが立ち去ると、ケリーは怒りたいようながっかりしたような気持ちを胸に、ぼんやりと白鳥を見ていた。どうしていつもけんか別れに終わるのかしら？　悲しいけど、わたしをクルトから引き離すのがエーリックの目的なのだ。特別な感情があるかもしれない、なんて期待するだけ無駄だわ。

エーリックとけんかをしたせいで、その日は一日台なしになってしまった。ケリーが戻ると、エーリックはマグダと芝生の上でクロケットをしていた。エーリックがマグダの後ろから腕をそえて、ボールの打ち方を教えている。ケリーが黙って通りすぎようとしたら、マグダが声をかけてきた。

「クルトも呼んできて一緒にやらない？」マグダはいたずらっぽくエーリックを見あげている。「とても楽しいんですもの。クロケットがこんなに激しいスポーツだとは知らなかったわ」

「先生がいいからでしょう」ケリーは冷ややかに答えた。「今のうちよ。この先生は移り気だから」

「それは女性の腕次第」マグダが甘い声を出す。

「今度はうまくいくといいわね」ケリーは言い返した。

マグダとケリーのやりとりをエーリックはおもしろそうに見ていた。ちょうどそのとき、エミーとナイルズが通りがかった。

「ナイルズにお城のなかを見せてあげるところなの。一緒に来る?」エミーはケリーに向かって言った。

「ええ、もちろん行くわ」

お城は思っていたよりさらにすばらしく、ケリーはこの歴史的な建物にすっかり心を奪われてしまった。客間の天井には大きなファンが回り、寄せ木の床はぴかぴかに磨きあげられている。廊下の壁には大理石の台に繊細な彫刻が置かれ、戸棚には高価な陶器の人形がたくさん飾ってあった。

曲がりくねった石段をのぼっていき、塔のひとつに出た。古びた樫《かし》の扉をあけると、バルコニーになっていた。そこからの眺めは息をのむほど美しかった。どの方向も何キロも先まで見渡すことができる。

エミーが説明した。「ドルンベルゲル城が何世紀も残っているのは見晴らしがきくためなの。敵が攻めてきても、そっと近づくことができないのよ。森をぬけるころには迎え撃つ準備ができているもの」

「地下牢《ろう》は本当にあるのかな?」ナイルズが聞いた。

「いいえ、もうだいぶ前にワインセラーと倉庫に改造されてしまったわ。でも鎖を打ちこんだ石壁も一箇所だけ残っているけど。もし見たかったら案内するわ」

一階に戻り廊下を歩きだしたところで、クルトにばったり会った。

「いったいどこにいたんだ?」クルトはケリーに言った。「あちこち捜したんだぞ」

「エミーにお城を案内してもらっていたの」

「ぼくが案内してあげたのに」クルトは不満そうに口をとがらせている。「ぼくとほとんど一緒にいないじゃないか」

「ヘンリエッタと一緒にお散歩に行ったのよ」ケリーはいらだちを抑えて答えた。「話す時間が初めてとれたんですもの」

「ヘンリエッタならとっくに戻ってるよ。まさかずっとお城を見ていたはずないだろう」

「ワインセラーに行くのなら早くしないと。そろそろカクテルの時間よ」エミーが口をはさんだ。

クルトもついてくると思うと、ケリーは気が重かった。もちろんそんなことは口にしなかったけれど。

昔の地下牢は、狭く険しい石段をおりたところにあった。お城のほかの部分と違い、天井は低く、押しつぶされそうな感じがする。今は電線がはりめぐらされているが、以前はじめじめした恐ろしい場所だったに違いない。

鉄製の手錠がついた長い鎖が昔の残酷な行為を思い起こさせる。動物のように鎖につながれ、なんの希望もない人たち……。ケリーは想像するだけで身震いがした。

今はこんなことがなくなってよかった……いえ、違うわ。今は別の方法で苦痛を与えているだけじゃないかしら。ケリーは憂鬱《ゆううつ》な心で思った。


ディナーはケリーにとっては決して楽しいものではなかった。エーリックはたわいない質問を装って刺のある言葉を浴びせてくるし、その合間には、気分が悪くなるほどなれなれしくふるまうマグダにほほえみかけている。さらに、それに対抗してクルトがいっそうケリーの世話を焼いてくるので、ケリーはもうどうにかなってしまいそうだった。

食事を心から楽しんでいたのはエミーとナイルズだけだった。ふたりはとても気が合っているようだ。

客間でコーヒーを飲むと、エミーはナイルズとふたりでちょっと席をはずしたいと言いだした。

「ワインバーがイギリスのパブとどう違うか見てみたいんですって」エミーは説明した。

「一時間くらい村に行ってこようと思うの」

「それはいいわ。ゆっくりしてらっしゃい」ヘンリエッタはそれからケリーに向かって言った。「ハインリッヒがカードをしたいんですって。あなた、ブリッジは？」

「まさかトーナメントにお出になるような腕じゃないでしょうね」ケリーは言った。

「まさか！　お友だちとちょっと楽しむ程度よ。ハインリッヒはわたしと組むわ。あなたはエーリックとね」ヘンリエッタはふたりの狼狽《ろうばい》ぶりには気づいていないようだ。

「わたし、あまり上手じゃないんです。マグダに代わっていただけないかしら？」ケリーはあわてて言った。

「のけ者にしているんじゃないの。マグダはクルトとてもいいお友だちなんですもの。お話がはずむはずよ」ヘンリエッタは落ち着き払っている。

ケリーはわなにはまったような気がした。まったく、ヘンリエッタにはエーリックの気持ちがわからないのかしら？　ひと晩彼と組むのは苦痛だけれど、もうどうしようもないわ。

　最初のうちケリーはあまりに緊張しすぎて、つまらない失敗を繰り返した。が、運が悪かっただけだとエーリックに慰められているうちに、だんだん落ち着いてゲームを楽しめるようになってきた。マグダがとげとげしいお休みの挨拶《あいさつ》をしに来たときも、ゲームに夢中でほとんど気にとめなかったくらいだ。

　次にクルトがやってきたが、みな知らん顔をしていた。彼はしばらくうろうろしていたないか?」

が、ついにケリーに声をかけた。「今夜は満月だよ。ゲームが終わったら散歩にでも行か

ケリーは顔をしかめた。「お願い、クルト。気が散るわ」

夜がふけるころには、エーリックとケリーはぴったり息が合っていた。ヘンリエッタと

ハインリッヒのペアには負けたけれど、どっちみち勝敗には誰もこだわっていなかった。

「とても楽しかったよ」ハインリッヒはカードを集めながら言った。

エーリックがケリーを振り返って言う。「休む前に月を眺めに行かないかい?」

この前、月明かりの夜にエーリックと散歩に行ったときのことが、ケリーの頭によみが

えった。「どこにそんな元気があるの? わたしは立ったまま眠ってしまいそうよ」彼女

は軽く受け流した。

「ほんのちょっとだけ、どう? 雷が二度続くことはめったにないさ」

エーリックの強引なキスはそんな感じだったわ……雷にからだの芯《しん》から揺さぶられたみ

たいだった。「わたしはもう寝るわ」無意識のうちにケリーはそう答えていた。

5

その夜遅くまでエーリックの気持ちに思いをめぐらせていたケリーは、翌朝すっかり寝過ごしてしまった。ブリッジをしていたときの彼はどきっとするほど魅力的で、あのまま月夜の散歩に行っていたらきっと抱かれていたに違いない。彼はクルトを出しぬくためにはどんなことでもするのかしら？　そんなわけないわ。それとも、もっと深い気持ちがある、とわたしが思いたいだけなのかしら？

そのときドアにノックの音が響き、ケリーははっとわれに返った。ヘンリエッタはお望みならベッドに朝食を運ばせてもいいと言っていたわ。なんて素敵なサービスかしら！

「どうぞ」うれしそうに言うと、ケリーはベッドに上半身を起こした。だが、ドアの向こうの顔を見て顔をしかめた。エーリックだわ。「なんの用？」思わず声が険しくなる。

「答えはわかっているだろう」彼はくすくす笑った。

ネグリジェは薄手のシフォン地なので、からだが透けて見えてしまう。ケリーは怒りに燃えた目をして、あわててシーツを顎まで引っぱりあげた。「部屋に入ったりしていいと思っているの？」

「どうぞって言ったのはきみだよ」

「メイドだと思ったから」ケリーはもごもごとつぶやいた。

「喜んでメイドの代わりもいたしますよ。お風呂の用意をしましょうか？」エーリックの目が茶目っ気たっぷりにきらりと光る。

「いいえ、けっこう！」

ケリーはひどく無力な気がした。もちろんエーリックが無理やり襲いかかったりしないのはよくわかっている。それがやっかいなのだ。そんなことをしなくても、彼のハンサムな顔を見あげているだけで全身が熱くなってくるのだから。

「そんなふうに見おろされるといい気持ちはしないわ」ケリーはつんとして言い返した。

「ごめん。これならいい？」エーリックはベッドの端に彼女と向きあう形で腰かけた。

ケリーの口をついてでるのはため息ばかりだ。「なにしに来たの？　週末を台なしにしただけじゃまだ足りないの？」

エーリックは急にまじめな顔になった。「本当にそう思う？」

「もう考えるのはやめたわ」

エーリックの顔に笑みが戻った。「こんなにひとりの女性がほしいと思ったことはないよ」そう言うなり、彼は手をのばして、くしゃくしゃに乱れたケリーの髪をそっと撫《な》でた。

ケリーも自分の指で髪をすいた。「ひどいでしょう」ほかになんと言ったらいいかわからなかった。

「きれいだ」エーリックは指を頬から唇へと這《は》わせ始めた。「目覚めたきみの隣にいて、この腕にきみのからだを抱きしめられたらなあ。いつか必ずそうなる。そうだろう？」

「さあ……わからないわ」ケリーは口ごもった。彼の瞳の輝きに吸いこまれてしまいそうだった。

「ぼくは忍耐強い男だ」エーリックはにっこりした。「きみの気持ちがはっきりするまで待つよ。後悔してほしくないんだ」

これ以上エーリックへの気持ちを否定し続けたら、そのほうが後悔するんじゃないかしら、とケリーは思った。ただの情熱だけじゃない、と今やっとわかった。わたしはエーリックにどうしようもなく恋をしてしまったようだ。

唇を少し開いて彼を見あげたとき、ドアにまたノックの音がした。きちんとしまっていなかったので、ノックで自然に開いたらしく、クルトが戸口から部屋のなかをのぞきこんでいた。

「これはお邪魔だったかな」クルトが冷ややかに口を開いた。

「いいえ、ぜんぜん」ケリーはあわてて言った。胸がどきどきしてくる。

エーリックもベッドから立ちあがった。「村のフリーマーケットに行くかどうか聞きに寄ったんだ」

「確かお連れがいたようだが、きみはひとりの女性じゃ満足できないんだったね」クルトが嫌味たっぷりに言う。

エーリックの目が険しくなった。「それはきみが広めている話だろう。ぼくの目の前で言ったのは初めてだな」

エーリックが足を一歩前に踏みだしたとき、メイドが朝食ののったトレイを持ってやってきた。が、エーリックとクルトがにらみあっているのに気づき、困ったように足をとめる。「またあとでまいりましょうか?」

「いいえ、おふたりとも帰るところよ」ケリーはきっぱりと言った。

「まだ話はついていないぞ」エーリックは押し殺した声で言った。「歩いて帰れるなんて運のいいやつだ」

ふたりが出ていったあとも、ケリーはまだ神経が高ぶっていた。運悪くいがみあいになったが、クルトが邪魔したと思いこんだのも無理はない。五分後に来ていたら、その疑いは現実になっていたかもしれないのだ。

わたしったら、なにをばかなこと考えているのかしら。エーリックの気持ちはまだわからないというのに。ケリーは大きくため息をつきながらシーツをはねのけ、ベッドを出た。

ケリーが身支度をして下へおりていくと、みんなはもう玄関に集まっていた。

「起きているかどうか誰かを見にやるところだったのよ」ヘンリエッタが言った。

「すみません」ケリーは口ごもった。「寝過ごしてしまったみたい」

「いいのよ。みんなはフリーマーケットへ行くようだけど、あなたも一緒にいかがかと思って」

「あなたは？」ケリーは念のためにきいた。

「ハインリッヒとわたしはここでのんびりしているわ」ヘンリエッタはにっこり笑って夫を見た。「出かけるのはあなたたち六人よ」

ケリーは途方に暮れた。ヘンリエッタはふたりきりになりたいみたいだし、エーリックとクルトが紳士的にふるまってくれるとも思えない。

「行きましょうよ」エミーが誘った。「おもしろいわよ。わたしもこの前掘りだしもののアンティークのジュエリーを買ったんだから」

「それは見逃せないわ」ケリーはにっこり笑った。

一台に全員乗れるように、ヘンリエッタのロールスロイスをエーリックが運転していった。

フリーマーケットに着くやいなや、みんなはそれぞれ興味のあるお店目がけてばらばらの方向へ散っていった。ケリーはエーリックとクルトを避け、エミーとナイルズのそばから離れないように細心の注意を払った。何度もクルトがやってきてはふたりきりになろうとしたけれど、それもなんとか振りきった。

それを除けば、ケリーは心から楽しむことができた。素敵なハート形のオニキスのブローチも見つけた。エミーはシフォンのスカーフを一枚、ナイルズも琥珀《こはく》のネックレスを買ったようだ。

「母になんだ」ナイルズはあわてて言いわけした。

「イギリスに帰ったらきっとたくさんの女性が待っているのよ」エミーがからかう。

「なんて言えばいいんだろう」ナイルズは困って言った。「あまり人気がないと思われたくはないけど、プレイボーイだと思われては困るし」

「あら、男はみんなプレイボーイよ」エミーが言った。

「きみはまだふさわしい男性に会ってないんだよ」そう言うと、ナイルズはエミーの瞳をじっと見つめた。

どうやらナイルズはエミーが気に入ったみたいね、とケリーは思った。これでエミーも理性をとり戻せるかもしれない。

それからみんなはウィンナソーセージのスタンドに集合し、ソーセージにかぶりつきながらドイツのビールで喉をうるおした。

「なんて、おいしいのかしら」ケリーは感激して思わず声をあげた。「アメリカのホットドッグよりおいしいわ」

「イギリスのもかなわないよ」ナイルズも口をそろえる。

「ヘンリエッタが一緒にランチをとろうと待っていないかしら」急に気になってケリーが言った。

「いいえ、それは大丈夫」エミーが答えた。「しばらくふたりきりになりたいのよ」

「今でもそう思えるなんて素敵よね。わたしもいつかあんな結婚がしたいわ」ケリーは心からうらやましそうに言った。

「そう思わない人なんている？」エミーが暗い目をして言う。

クルトが情熱的な目でケリーを見た。「ふたりが同じゴールをめざして力を合わせたら、どんな結婚だってすばらしくなるさ」

「どちらかひとりにお金さえあればね」マグダが冷ややかに言う。

エミーはケリーに向かってくるっと目を回してみせた。「もしみんながよければ、〈ホイリゲ〉に行きましょう」

「それ、どこなの？」ケリーが聞いた。

「ワインバーだよ。昨日の夜エミーが連れていってくれたところだ」ナイルズが説明する。

マグダが不愉快そうにナイルズとエミーを見ながら言った。「さあ、行くのなら早くしましょう。ここにいてもすることもないわ」

城に戻ったケリーはほっと息をついた。エーリックとクルトのあいだにはさまれてくたくただった。ヘンリエッタたちとひと言ふた言おしゃべりすると、彼女はひとりでそっと外へ出た。

森は静けさに包まれていた。今までの緊張感が嘘《うそ》のようだ。ケリーは野の花に足をとめたり、リスが駆けぬけていくのを眺めながら、細い道をぶらぶら歩いていった。小道のところどころに置いてあるベンチに腰をおろして、森の音に耳を澄ましてみる。小鳥の歌声や、虫の羽音、それから小さい動物が茂みのなかでかさこそ動き回っている音が聞こえてきた。

そのとき、道の向こうからごそごそ音が聞こえた。きっとウサギか鹿《しか》だわ。ケリーは息をひそめて待ってみた。なにが現れるか楽しみだ。だが、姿を現したのはクルトだった。

「ナイルズから、きみがこっちのほうに向かったと聞いたんだ」クルトは言った。「ひとりでなにをしているの?」

「別に。今日はずっとみんなと一緒にいたから、ひとりになりたいだけ」ケリーはそっけなく答えた。

「でも、ぼくとは少しも一緒にいてくれなかった。ずっと避けていただろう?」

「あなたの思いすごしよ」

「エーリックが今朝きみの部屋にいたのは、思いすごしじゃない」クルトはすねたように言った。

「あれは本当になんでもないの」ケリーは言った。「彼はフリーマーケットに行くことを知らせに来ただけよ」

「きみのベッドに座っていた」クルトはかっとして声をはりあげた。「きみはネグリジェ姿だったんだぞ！」

「わたしのすることにあれこれ言う権利はあなたにはないわ。でも誤解をしてほしくないの。エーリックとはなにもなかったわ！」

「でも時間の問題だった。ぼくにはわかるよ」クルトは思いつめたような表情になった。「エーリックが出てきたら、いつだってぼくに勝ち目はないんだ」

「エーリックへのやきもちはもうたくさん。あなたたちふたりのもめごとにはうんざりよ」ケリーはいらだたしげに言った。

「わかった。もうエーリックのことは言わない。誓うよ。でもあんな刺激的な場面を見てぼくがどんなにショックだったか、わかるだろう」

ケリーは急にベンチから立ちあがった。「もう行くわ」

「行かないで」彼女が歩き始めると、クルトが追ってきた。「きみの言葉を疑うわけじゃないんだよ。それにきみのすることにあれこれ口をはさむ権利なんてぼくにはないこともわかっている」彼は急いで言葉を続けた。「ぼくたちふたりの関係が終わりだと思ったら、頭がどうかしてしまったんだ」

「終わるようなものはもともとなにもなかったじゃない！」いらだったケリーは声をはりあげた。

「友情も？」クルトは悲しそうな目で彼女を見た。「きみと一緒にいるだけで楽しかったよ。観光客には見られないようなウィーンを見せてあげたかった。きみだって喜んでいると思っていたけど」

「わたしだって、あなたとご一緒できて楽しかったわ。あなたが冷静でいてさえくれればね。なにもエーリックにライバル意識を燃やすことないわ」

「それじゃ、再来週のオペラ舞踏会に一緒に行ってくれるかい？　ヘンリエッタがテーブルをとったんだ。エミーも来る」クルトはぬけめなく最後にひと言つけ加えた。「みんな一緒のテーブルだよ」

こんなに世話になったのだから、それぐらいはしてあげないといけないかしら。ケリーは無理に笑みを浮かべて言った。「それならもう一枚ドレスを買わないと。アメリカに帰ったら着るときがないけど。普段はこんな派手な生活はしてないから」

「それならずっとここにいればいい。きみはまだこの街のすばらしさをほんの少ししか味わっていないよ。オペラに、公園でのコンサート、ナイトクラブ。ウィーンの人は生活を楽しむ術《すべ》を知っているんだ」

「仕事はしないの？」ケリーは皮肉をこめて聞いた。

「少なくともきみはそんな必要はないさ。毎日毎晩華やかな場所へ行って、それに飽きたら田舎のお城に連れていってあげるよ」

「クルト、話があるの」ケリーは慎重に言葉を選びながら口を開いた。「がっかりさせて悪いんだけど、わたしはあなたが思っているような人間じゃないわ」

「ぼくはただ」クルトは言った。「うまい言い方はできないけど、結婚してほしいんだ」

「そんなばかなことを言わないで！　わたしたち、お互いによく知らないし、なにも共通するものがないじゃない」

「ハインリッヒとヘンリエッタだってそうだったけど、あんなにうまくいっているじゃないか。ぼくたちだって」

「いいえ、無理だわ。それをさっきから言おうとしているの」

「きみがぼくを愛していないのはわかっているよ。でもぼくは全力をつくしてきみを幸せにする」

ケリーは耳を疑うというようにクルトを見つめた。「相手が自分を愛していないことがわかっていても結婚するの？」

「愛情はいずれ芽生えてくる。ぼくにはわかっているんだ」

「だったらそれまで待ってみたら?」

「それまでにきみを失うのが怖いんだ」

「そう」エーリックへのライバル意識がクルトをあせらせているに違いない。

「イエスって言ってくれ。そして夕食のときにみんなに発表しよう」

「どうしてそんな!」

ケリーの激しい反応を見て、クルトも少しひるんだが、それでもあきらめなかった。

「それなら婚約だけすればいい。きみがぼくのものだとわかっていれば、きみが結婚する気になるまで待ってもいい」

「人は誰かの所有物じゃないわ」ケリーは腹だたしげに答えた。

「きみのはっきりした答えがほしいんだよ」クルトは彼女の左手をとると、ポケットから指輪をとりだして、その指にそっとはめた。「この指輪をきみにしてほしいんだ」

ケリーは声もなく指輪を見つめていた。きらきら光るダイモンドのまんなかにあるのは大粒のルビーだ。「とってもきれい」彼女はあえぐように言った。

「そう言ってくれるだろうと思ったよ。ぼくの祖母のものだったんだ」

「これはいただけないわ」ケリーはそう言って指から指輪をぬこうとしたが、クルトがそれを押さえた。

「いや、ぜひきみに持っていてほしい。祖母も喜んでくれると思うよ」

「いいえ、だめよ。これは持って帰って」

その先を言おうとしたとき、ヘンリエッタが庭の芝生に出て手を振った。「クルト、あなたにお電話よ」

クルトは最後にもう一度ケリーの手をぎゅっと握った。「すぐに戻るから」

「待って！　指輪は持っていって」ケリーは叫んだが、彼は手を振っただけで家に向けて足早に歩きだした。帰ってくるまで待つしかなさそうだ。

それからだいぶたっても、クルトはまだ戻ってこない。ケリーはだんだん腹がたってきた。もしも、わたしが指輪に愛着を感じて手放せなくなるとクルトが思っているのなら、大間違いだ。確かにとてもきれいではあるけれど。てのひらを動かすと、ダイヤモンドに日の光が反射してきらきら光る。

日も暮れてきた。ケリーは困り果てていた。そろそろ夕食のために着替えないといけないのに。日曜の夜は正式なブラックタイ・ディナーだとエミーから聞いている。でもそれよりまず、この悩みの種の指輪をなんとかしなければ！

バブルバスにゆったり浸っている暇はなかった。ケリーは急いでシャワーを浴びた。食事におりてくる前にクルトをつかまえたかった。

化粧にはあまり時間はかからなかった。目は紫のアイシャドーを薄くのばすだけにして、唇にはピンクの口紅を軽く塗るだけにする。それもこれもクルトのせいだわ。

ドレスを身につけ、ラインストーンがきらきら揺れるイヤリングをはめて、大きな鏡に自分の姿を映してみた。黒のロングドレスは、サテン地の袖口《そでぐち》に小さなパールとビーズの縫いとりがしてある以外なんの飾りもないシンプルなデザインだ。が、スカート部分に深く入ったスリットから長い足が見え隠れしていた。

エーリックはセクシーだと思ってくれるかしら？　彼の目の輝きを思いだすだけで、息づかいが荒くなってくる。ケリーはルビーの指輪を手にとると、廊下の向こうのクルトの部屋に急いだ。

ノックをしても、誰も答えない。しかたなくケリーは低い声で呼びかけた。「話があるのよ、クルト。ずっと待っていたのに」それでもなんの返事もない。ついに彼女はかんしゃくを爆発させて拳《こぶし》でドアをたたいた。「クルト！　隠れてないであけてちょうだい」

そのとき、廊下の向こうからエーリックがやってきた。「なにか困ったことでも？」

ケリーは思わず飛びあがりそうになるほど驚いた。「その……変に見えるかもしれないけど……」そこまで言うと、言葉を切って大きく息を吸った。

「クルトとけんかでも？」

「いいえ、違うわ！　どうしてわたしたちがけんかをしないといけないの？」ケリーはじっとりと汗ばんだてのひらに指輪をぎゅっと握りしめた。

「きっと今朝のことだ。ぼくたちになにかあったとあいつが思いこんでいるんだろう」そう言いながら、エーリックは人さし指でケリーのドレスの襟もとをなぞっていく。「そう思うのも無理はないよ。だって、もし邪魔が入らなかったらそのとおりになっていたかもしれないんだから」

「あなただって、わたしがクルトの部屋のドアをノックしているのを見ただけで、クルトとわたしが情熱的な関係だと決めつけているわ。なんの根拠もないのにね」ケリーは冷ややかに言った。

「話がしたいと頼んでいたのを見ると、そう思えるんだがね」

「頼んでなんかいないわ。説明したら簡単な話よ」

「聞きたいね」

「お好きなように想像してちょうだい」ケリーはそう言うと、足早に自分の部屋に戻り、ばたんと音をたててドアをしめた。

あまり力をこめて拳を握りしめていたので、てのひらにはルビーの指輪の跡ができている。不愉快なのを通りこして、怒りがこみあげてきた。この指輪をどうしろと言うの？　どこかに置いておくのも心配だし。きっととても高価なものに違いない。それに大事な形見だ。そうだ、身につけておけばいいんだわ……それも右手に。誰かが気づくかもしれないけれど、婚約指輪とは違う指にしていればいいのよ。

ケリーが下へおりていくと、みんなは客間に集まってカクテルを飲んでいた。が、クルトだけはいない。

「とってもきれいだよ」ハインリッヒが感心しながらシャンペンのグラスをさしだした。

「そのドレス、死ぬほど素敵だわ」エミーも口をそろえた。

ケリーは人目につかないようにグラスを左手に持ち替えて、部屋のなかを見回した。

「クルトは?」さりげなくきく。

「気の毒に、アパートメントが大変なの」ヘンリエッタが答えた。「水道管が壊れたのよ。ウィーンに戻らないといけなくなったの」

「戻ってしまったんですか?」ケリーはがっかりした表情をして言った。

「ええ。でも帰ってくるわ。無理しないように言ったけれど、どうしても帰ってくると彼が言ったの。でもお食事は待たずに始めていてって」

なにもかもがわたしの人生をぶち壊そうとしているのかしら、とケリーは思った。でも少なくともクルトは帰ってくるのだから、今度は指輪を受けとってもらうまで目を離さないようにしないと。

ディナーはとてもすばらしいものだった。手のこんだ料理が次々に運ばれ、何種類ものワインも味わうことができた。ケリーは会話に参加しようと思いながらも、マグダがルビーの指輪をじっと見ているのが気になってしようがなかった。聞かれたら自分で買ったファッションリングだと言うつもりだったが、マグダはなにも言わない。そして食事が半分ほど終わったころクルトが現れ、ケリーはほっとため息をついた。

「無事に直った？」ヘンリエッタがきいた。

マグダはほほえみを浮かべて話がとぎれるのを待っている。そして誰もが聞いているのを確かめてから、さりげなくクルトに向かって言った。「ケリーの指輪、とても素敵ね。あなたのおばあさまの形見とそっくりだわ。でも、そんなはずはないわよね。だって、あの指輪は確かだいぶ前に質に入れてしまったんですものね」

クルトの顔が赤くなった。「いや、それは違う」

「あら、そう言っていたじゃない」マグダは攻撃の手をゆるめない。「なぜそんなことを言うの？」

「なにか誤解しているんじゃないか。ぼくが言ったのは……そうか、どうしてきみがそう思ったのかやっとわかったぞ。ぼくの友だちがあの指輪をひどく気に入ってパーティーにしていきたいと言うので、しばらく貸してたんだ」

ケリーはマグダの残酷なやり方にぞっとした。クルトが祖母の形見の指輪を質に入れなければならなかったのは本当かもしれない。でも、それを友だちの前で暴露して恥をかかせるなんてあんまりだ。

ほかのみんなはじっと黙って成りゆきを見守っている。

ついにヘンリエッタが救いの手をさしのべた。「パーティーでごてごて宝石をつける女性がいるけど、あれは悪趣味よね」

「たくさんつければいいってものじゃないって誰か教えてあげなくちゃ」エミーも言った。

ケリーは食事が終わるのが待ち遠しかった。みんながダイニングルームから出ていくのを待ってから、彼女はクルトの腕をつかんで部屋に残った。そして指輪をはずすと、彼のてのひらにのせて握らせた。

「これは返します！　こんなにせいせいしたことはないわ」

「まさかあの悪意のあるデマを信じたんじゃ？　ぼくがきみに偽物をあげると思う？」クルトはショックを隠せない。

「そんなこと思ってもみなかったわ。わたしはただ返したかっただけ。わたしにはその指輪は受けとれないわ」

「週末のあいだだけでもつけていてくれないか」クルトが言う。

「いいえ、できないわ。この話はもう終わり。さあ、みんなにあれこれ言われないように、もう行きましょう」そう言ってケリーはさっさと歩きだした。

みんなのところへ行くと、ヘンリエッタがエミーにピアノを弾くように言っていた。

「誰も素人の演奏なんて聞きたくないでしょう」エミーは断った。「誰かの休暇のホームビデオを見せられるようなものだわ」

「まあ、そんな。あなたのピアノはすばらしいわ。もう少しがんばったらプロにだってなれたのに」

ヘンリエッタがいったん言いだしたら、どんなに抵抗しても無駄だとわかっているエミーは、しぶしぶグランドピアノに向かった。

ヘンリエッタの言葉はお世辞ではなかった。エミーの演奏はプロ級だ。彼女の弾くシベリウスの《悲しいワルツ》は甘く胸に迫るものがあった。

哀愁のあるメロディーがケリーの憂鬱《ゆううつ》な気持ちに拍車をかける。答えの出ない問題がふと頭をよぎった。恋に落ちてみたら、手の届かない相手だったなんて、どうして？　さっきあんなに言い争ったんですもの、エーリックとはもう友だちにさえなれない。この週末が終わったら、二度と会うこともないのだ……。ケリーが顔をあげると、エーリックが心配そうにこちらを見ていた。次第に高ぶってくる神経に耐えられなくなって、彼女は立ちあがり、そっとドアをすりぬけてテラスに出た。

ケリーはぶらぶらとバラ園まで歩いていった。色鮮やかな花が闇《やみ》に包まれてほの白く見える。その光景はこのあいだの月明かりの晩を思い起こさせた。あのときの音楽は悲しくなかった。ロマンティックなシュトラウスのワルツだった……。彼女はくるっと向きを変え、そのとたん息をのんだ。エーリックが音もなく後ろからついてきていたのだ。

「きみが出ていくのが見えたんだ。大丈夫?」彼は言った。

「ええ、大丈夫よ。ちょっと外の空気が吸いたかっただけ」

エーリックはかすかに笑った。「きっとエミーは自分のピアノのせいで逃げだしたと思うぞ」

「エミーはとても上手よ。プロになってもいいくらいなのに」

「どう決めようと、自分の人生だ」エーリックはあっさりと言った。「それが正しい選択とは限らないが」

ふたりとも、エミーのことを話しているのではないとわかっていた。

ケリーは思いきって話題を変えた。「とても楽しい週末だったわ」

「きみは楽しかっただろうな」エーリックはちらっと彼女の手に目をやった。「指輪は?」

「クルトに返したわ。夕食の前に返そうとしたんだけど、まあ、そんなことはどうでもいいわ。あなたに信じてもらえるとは思わないから」ケリーはうんざりしたように言った。

エーリックは彼女をじっと見つめている。「偽物だと知らなかったんだろう」

「クルトが恥をさらして、さぞうれしかったでしょうね」ケリーはむっとして言った。

「いや、その反対だ。マグダの態度は大人げないとみんな思ったよ」

「誰か彼女に口輪と鎖をつけておいたほうがいいわ」ケリーは小声でつぶやいた。

「ああ。そしてきみは頭の検査を受けたほうがよさそうだな」

「友だちが中傷されても信じなかったから？」ケリーは軽蔑《けいべつ》したように言った。

「友だちだって？　たんなる友だちだなんて、みんなが信じると思うのか？　ああ、それで右手にあの指輪をしていたんだな。それとも、偽物のエンゲージリングじゃいやだったのかい？」

「すばらしい指輪よ」ケリーは憤慨して言った。「クルトが質に入れなければならなかったとしても、わたしはまったく気にしないわ。誰だって急にお金が必要になるときはあるでしょう」

「クルトはずっとそんな状態なんだよ。売れるものはなんでも売った。たとえ彼が買い戻したとしても、どうしてあの指輪だけ買い戻すんだ？」

「たぶん、思い出の品だったからよ」

「クルトはそんな繊細な感情は持ちあわせてないよ」エーリックは辛辣《しんらつ》に言った。「いざというときのために複製の指輪がつくってあったんだ。きみみたいにお金持ちで魅力的な女性に、自分がすばらしい結婚相手だと思わせるためにね」

「信じられないわ」ケリーは不安を打ち消すように力をこめて言った。

「きみは真実に耳をふさいでいるんだ。貴族の称号に目がくらんでいるんだよ」エーリックは不機嫌そうに言った。

「それは違うわ。彼に結婚してほしいと言われたけれど断ったわ。アメリカ人の女性がみんな男爵だか公爵だかの奥さんになりたがっていると思わないで」

「それなら、どうして最初に指輪を受けとったんだい？」

「クルトがわたしの指に無理やりはめたとき、ちょうど電話がかかってきて、呼びだされて行ってしまったから、返せなかったのよ」

一瞬沈黙が流れたが、エーリックはばつが悪そうにケリーを横目でちらっと見た。「ぼくはまったく頭がどうかしているよ」

「確かにそうかもね」

「きっと許してもらえないだろうね？」

「謝ってくれたら、少しは足しになるかもしれなくてよ」

「それじゃ謝るよ。ぼくも普段はこれほどわからず屋じゃないんだが」そう言ってエーリックは豊かな髪を指でかきむしった。「クルトにはいらいらするんだ。来るんじゃなかったよ」

「クルトが来るのは知らなかったの？」

「聞いていたよ。誰かさんのことも」エーリックはまっすぐに彼女を見つめて言った。

「わたしのために来たなんて言わないで！」ケリーもついに感情を爆発させた。「あなただってクルトと同じじよ。魂胆があってわたしに近づいたんだから」

エーリックはかすかに笑った。「ぼくがきみを抱きたいと思うのはちっとも下劣じゃないよ。同じように思っている男性はたくさんいるはずだ」

「だけど、みんなはうまくいかなくても、不機嫌になったり人を責めたりしないわ」

「不機嫌になったのはきみを心配しているからだよ」エーリックは穏やかに答えた。「きみがだまされるのを見ていられないんだ」

「甘い言葉に引っかかったとしても、わたしの問題でしょう」理不尽なことを言っているのは、ケリー自身わかっていた。エーリックは心から心配してくれているのだ。心配が自分が求めているものと違っても、彼が悪いわけではない。ケリーは後ろを向いた。「さあ、なかに入りましょう」

エーリックは彼女の腕をとった。「まだ行かないで。話は終わってないんだ」

「お互いにもう言いたいことは言ったわ」

エーリックはそのまましばらく腕を握っていたが、やがてため息をつきながらその手を離した。「そうかもしれないな」

庭を歩いて戻りながら、ケリーは心がばらばらに砕けてしまいそうな気がした。エーリックとふたりきりになるのはこれが最後かもしれない。彼の貴族的な横顔をそっと盗み見る。これから月明かりとバラを見るたびに、きっとこの痛烈な思い出がよみがえるに違いないわ。

6

翌日の朝食は簡単なものだった。大きな保温トレイに並んだ卵料理やソーセージ、ベーコンをみんなセルフサービスで、好きなだけ皿にとっている。細長いサイドボードの上には、しぼりたてのオレンジジュースやトースト、マフィン、ボウルいっぱいに盛られたイチゴと生クリーム、それにコーヒーが並んでいた。

クルトが怒っているだろうと思ったケリーは、なるべくめだたないように皿に料理を盛った。ハインリッヒの隣に座ってバラの話を聞いていると、なんとか食事が終わるまではクルトと言葉を交わさずにすんだ。

「この素敵な女性にはもう一度来てもらわなくちゃ」ハインリッヒは妻に向かって言った。

「バラとキンポウゲの違いがわかるお客さまは初めてだよ」

「来てくださって楽しかったわ」ヘンリエッタも愛想よく言った。

「わたしもとても楽しかったわ」エミーもやってきた。「帰りたくないけど、もう行かなくちゃ。用意はいい、ケリー?」

「ケリーはぼくが連れてきたんだぞ」クルトが思わず声をあげた。

「ええ。でもわたし、エミーと一緒に帰ることにしたの。エミーに……その……美容院に連れていってもらうから」ケリーは下手な言いわけをした。「そろそろ髪を整えないと」

「ぼくが送っていくよ」クルトはなおも言いはった。

「きっと場所がわからないわ」エミーが助け船を出した。「わたしの荷物はもう車に積んであるけど、あなたのは？」

「玄関よ。二階にあがってバッグをとってくるわ」

部屋から出たところで、ケリーはエーリックにでくわした。彼女の胸は重く沈んだ。彼とふたりきりで会うのは避けたかったのに。もうなにも言うことはないのだから、気まずくなるに決まっているわ。

ケリーは軽く会釈して通りすぎようとしたが、エーリックがその行く手をふさいだ。

「さよならも言わずに帰るつもり？」

「わたし……下で言おうと思って」

エーリックは彼女をじっと見つめた。「ひどい週末だったね？」

ケリーは目をそらした。「なかなか勉強になったわ」

「クルトの正体がわかってがっかりしたろう？」

ケリーは肩をすくめた。

「でも、彼を愛していないんだろう？　それなら大丈夫だな」エーリックはそっとケリーの様子をうかがった。

「今は恋をする予定はないわ。まだ行きたいところも、したいこともたくさんあるもの」

「ウィーンを出ていくつもりなのか？」

「もともとずっといるつもりじゃなかったから」

「どこに行くんだ？」

「さあ、わからないわ……イスタンブールかベニスか。運河でゴンドラに乗るのもロマンティックじゃないかしら」

エーリックがなにか言おうとしたとき、階段の下からエミーの声が聞こえてきた。「ケリー、支度はできた？　せかしたくはないけど、ウィーンまではだいぶあるから」

「もう行くわ。もしもう会えなかったら……」ケリーはそこで口をつぐみ、エーリックの端整な顔を最後にもう一度見つめた。

「きみはそうしたいの？」彼は静かに聞いた。

どうしてもイエスと言えない。ケリーはくるっと後ろを向くと、つぶやいた。「さようなら、エーリック」愛する人……。最後に心のなかの声にならない声がそうささやいた。

ケリーの荷物はナイルズがエミーの車に積みこんでいた。荷物をトランクに放《ほう》りこむと、彼はエミーのいる運転席に近づいた。

「シュトラウス像を見に公園に行く約束を忘れないでくれよ」

エミーは返事をためらっている。「誰か案内してくれる人を紹介するわ。わたしはこの二、三日忙しいから、そのほうがいいでしょう」

「それくらい待つよ」

「でも……もっとかかるかもしれないわ。お友だちが……遠くから来るので、時間がとれなくなりそうなの」

「もし会いたくないのなら、はっきりそう言ってくれたほうがいいな」ナイルズはぎこちなくほほえんだ。「とっても気が合うと思ったのは、ぼくの思いすごしだったかもしれない」

「それは違うわ、ナイルズ。わたしだってとても楽しかったわ。でも、世の中はそう単純じゃないのよ」エミーはため息をついた。

「きみに迷惑はかけたくない」ナイルズはエミーの髪を優しく耳にかけた。「ぼくはほんの少しでもきみの人生にかかわりたいだけなんだ」

エミーは心を打たれたように彼を見あげていたが、やがて顔をこわばらせて言った。

「ごめんなさい。でもそれは無理よ。さようなら、ナイルズ。楽しかったわ」彼女は車のギアを入れると、厳しい表情で車を発進させた。

車は無言のふたりを乗せて城から遠ざかり、森のなかをぬけて走っていった。

もう少しでハイウェイに入るころになって、エミーはちらっとケリーを振り返った。

「なにも言わないの？」

「話したくない気分でしょう？」ケリーは言った。

「ばかだと思っているんなら、そう言ったら」

「わたしが言いたいことはわかってるくせに」

「ああするのが彼にとって一番親切なやり方なのよ」エミーは言いはった。「友だち以上の関係になれると思わせて、どうするの？」

「もしも今日婚約するつもりなら、そのとおりでしょうね」

エミーはぎゅっとハンドルを握りしめた。「スタブロスがはっきりした答えを求めてくるような気がするの。そういつまでも引きのばせないわ」

「自分の心によく聞いてみて。今のあなたったら、まるで無期懲役の強制労働でも宣告されたみたいよ」

「わたしと代わりたい女性はいっぱいいるのよ。スタブロスはとても気前がいいの。お金で買えるものならなんでも手に入るわ」

「お金で幸せは買えないなんて、ありふれた言い方はしないわ。確かにお金で幸せになれる人もいるから。でも、あなたはそうじゃないと思うの」ケリーは自分の体験を思い浮かべた。それほどの財産でもないのに、かえって問題が増えたような気がする。

「同じぐらいの年の人と結婚しても、幸せになれるとは限らないわ」エミーは言った。

「でもスタブロスと結婚すれば、少なくとも何人かの人間を幸せにできる」

「ずっと自分にそう言い聞かせていないといけなくなるかもね」ケリーは皮肉をこめて言った。

「スタブロスを怪物みたいに言わないで」エミーは口をとがらせた。「とてもチャーミングなんだから。貧しい家に生まれたのに、苦労の末にここまでのぼりつめて、今やお金持ちの仲間入りよ。並大抵の男性じゃないわ」

「彼とはどこで知りあったの？」

「去年の大晦日《おおみそか》のオペラで。わたしはベルンブルン公爵夫妻と一緒にいたの。祝日のウィーンはとても華やかで、オペラハウスは人でごった返していたわ。誰が歌ったのかも覚えていないくらい。だって本当のお楽しみは幕間《まくあい》のバーなんですもの」エミーはにっこり笑った。「みんなお互いのドレスや宝石に目を光らせるの。スタブロスはそのとき、スウェーデン人の美人モデルのカーリナと一緒に来ていたわ。彼女、肌もあらわな派手なドレスを着てたわ」

「そのころの彼はけばけばしい女性が好きだったのね」ケリーは口をはさんだ。

エミーはちらっと横目でケリーを見た。「わたしのどこが気に入ったのかと思っているんでしょう?」

「いいえ。彼はずいぶん趣味がよくなったんだと思うわ」

「お世辞はいいわ。わたしだってそう思ったくらいだもの」

「誰に紹介されたの?」ケリーは聞いた。

「誰にも。スタブロスはもともとシュラーゲル伯爵夫人のグループと来ていたの。マーナは古い貴族の家の生まれだけど、幼いころから反抗的で、スキャンダルに巻きこまれたこともある人よ。昔気質《かたぎ》の人たちはそれが許せなくて頭に来ているの。特にベルンブルン公爵夫人はね」

「あなたと一緒にいた方ね?」

エミーはうなずいた。「マーナがスタブロスを連れてこっちのグループに来たこと自体、もめごとを自分から起こしているようなものよ。まあ、それを知っていてやるのが彼女らしいんだけど。とにかくマーナがスタブロスを連れてきて紹介しようとしたのに、公爵夫人は知らん顔をして行っちゃったの。なにも悪いことをしていないのに。で、気の毒になって、わたしが自分から手をさしだして自己紹介したというわけ」

「それはいいことをしたわ。彼、喜んだでしょう?」

「スタブロスはとても落ち着いていて、怒ったそぶりも見せなかった。それがとても感じがよかったのよ」

「その夜デートに誘われたの？」

「ううん、その夜は少しおしゃべりしただけ。それっきりのつもりだったのに、次の日に彼から電話があって、パーティーに呼んでくれたの。お礼のつもりだと思ったわ。わたしは有名な人に会いたかったので行くことにしたの」

「きっと楽しかったのね。それからおつきあいが始まったんだから」

「違う世界に飛びこんだみたいだったわ。スタブロスやその仲間は、飛行機に乗ってどこかの街に食事に行くのをなんとも思わないんだから。自家用の飛行機とリムジンを乗り回し、豪華なヨットでクルージングを楽しむのよ」

「彼と結婚したら贅沢《ぜいたく》な暮らしができそうね」

「ええ」エミーはフロントガラスをまっすぐ見つめたまま答えた。

「ギリシャに住むの？」

「スタブロスはアテネにアパートメントと、クレタ島に家を持っているけど、ウィーンにも家を買うつもりみたい。だから一年のうち何カ月かはここで過ごすことになるでしょうね」

「それはいいわね。家族やお友だちともしょっちゅう会えるし。でもスタブロスはそれだけ恥をかかされた貴族とつきあうのはいやかもしれないけど」

「信じてもらえないでしょうけど、彼はすっかり水に流しているわ。それどころか、わたしの家族にとても気に入られるようになったの。きっと家族の意見は無視できないと思ったのね。とてもよくしてくれるわ」

「たとえばどんなことを?」ケリーはすぐには信じられなかった。

「つきあい始めたころは、いつも彼の友だちと一緒だったわ。でも結婚を申しこまれてからは、それが変わったの。自分の友だちとパーティーをする代わりに、わたしの両親やその友だちを上品なディナーに招待してくれるようになったの」

「きっと反対されると思ったのね。だから堅実な男性であるところを見せたかったのよ」

「それなら大成功よ。両親だけでなくて、頭のかたい貴婦人たちにもとり入ったんだから」

ケリーはやっと謎《なぞ》が解けてきたような気がした。エミーはすばらしい女性だ。かわいくて、知的で、しかも性格もチャーミングで。だが、スタブロスはセクシーな美女好みという評判だ。たぶん最初はエミーが新鮮に見えたに違いない。それにしても、どうして結婚なんて考えたのだろうか?

それは、お金や権力では買えないもの……つまり、貴族階級へのパスポートをエミーが持っているからだ。スタブロスが貧しい家の生まれだということは、どんなにお金持ちになっても消すことのできない傷跡となって残っている。贅沢もしつくし、だんだん年をとってきて、あとを継ぐ子供がほしくなったのかもしれない。そしてその子は、今まだ彼を歓迎しない世界にも受け入れられる子であってほしい。そのためにはエミー以上の人物がいるだろうか?

「スタブロスは家庭を持って落ち着きたいんでしょう。でも、あなたはどうなの?」ケリーはゆっくりと話を進めた。「世界は広いのよ。素敵な男性がいっぱいいるんだから。実際、この週末はナイルズに出会ったでしょう。ナイルズと結婚したいっていう気持ちは起きなかった?」

「あなただってエーリックが好きなのに、結婚したいとは思っていない。少なくともわたしの目にはそう見えるけど」

「お見通しね」ケリーはそう言って窓の外に目をやった。

「ピアノを弾いていたときもいなかったし」エミーがからかった。「まあ、出たくなるのもわかるけど、ずいぶん長いあいだいなかったわね。クルトがエーリックのことをかんかんに怒っていたわよ」

「あのふたりはいつもそうなんでしょう」ケリーはうんざりしたように言った。「わたしには関係ないのよ。ところでデートの約束は何時?」ケリーは話の矛先を変えようとして聞いた。

エミーの顔から笑みが消えた。「一時よ。道が思ったよりこんでるわ。ぎりぎりかしら」

「街に着いたら、どこでもいいからおろして。ホテルにはタクシーで帰るわ」

「いいのよ、それほど急いでいないから。スタブロスは待ってくれるわ」

「大丈夫？　それとも本当は怒って帰ってくれたらいいと思っているんじゃない？」ケリーはそっときいてみた。

エミーはしかめっ面をした。「やめて、ケリー。さっきも言ったけど、スタブロスは怪物でもなんでもないわ。会ってみたらわかるわよ。そうだわ、あなたも一緒にランチに行きましょうよ」

「それはだめよ。彼はあなたとふたりきりで会いたいのよ」

「スタブロスなら気にしないわ、本当よ。彼はわたしの友だちに会うのが好きなの。これで決まったわ。ノーという返事はなしよ」

ケリーは遠慮しようとしたが、エミーは頑として耳を貸さない。それに、謎に満ちたスタブロス・セオポリスに会うチャンスでもあるのだ。ケリーはすすめられるまま、一緒に行くことに決めた。


ふたりが到着すると、スタブロスはもうテーブルについていた。白髪のまじったグレーの髪と意志の強そうな顔だちが人目を引く。身長はわからないが、がっちりした肩に、たくましい胸板をしていた。おそらく、若いころ肉体労働をして鍛えたに違いない。だがそんな印象も、仕立てのよいスーツにシルクのネクタイ、高価そうな金の腕時計の前にはどこかに消えてしまっていた。

スタブロスはふたりを見ると、にこやかな笑みを浮かべて立ちあがった。「ぼくのかわいいエミー、またいつものように遅刻だな」

「ごめんなさい。田舎から車を飛ばしてきたの。週末はヘンリエッタのところで過ごしたのよ」

「なら、しかたがないな」スタブロスは不思議そうにケリーを見た。

「こちらはケリー・マコーミック。ヘンリエッタのパーティーで一緒だったから、ランチに誘ったの」

「お邪魔でないといいんですけど」ケリーは気を遣ってそう言った。でも、邪魔でもそうは言えないだろうけど。

「とんでもない」スタブロスの視線がケリーの顔からからだへと向かう。その目になにかがきらりと光ったかと思うと、彼はケリーの手をとり、唇に押しあてた。「美しい女性に囲まれてうれしいですよ」

それは本音だろう。彼はいかにも女好きといったタイプの男性だ。「ご親切に」ケリーは小さく答えた。

ウエイターに料理を注文し終わると、スタブロスはエミーを振り返った。「何度も電話をしたんだよ。きみはなかなかつかまらないな」

「わたし、あまり家にはいないから」エミーは正直に言った。

「そのようだね。いったい、なにをしていたんだい？」

「それは、さっき言ったように週末は出かけていたの」

「誰が来ていた？」

「あなたの知らない人がたくさん」エミーは答えをはぐらかした。

スタブロスはじっとエミーを見ていたが、今度はケリーのほうを見た。「あなたのことはエミーから聞いていませんが、この週末にお会いになったんですか？」

スタブロスはどんな細かいことでも探りだすつもりらしい。あまりの独占欲に、ケリーは不快な気分になった。エミーのすることはなにからなにまで知りたがるようだ。結婚前からこれなら、結婚したあとはいったいどんなかしら？

「先週の慈善パーティーで知りあったんです。ヘンリエッタともそこで会いました」

「知りあったばかりで田舎の家に招かれるとは光栄なことですなあ。わたしはまだゲストリストにものりませんよ」スタブロスは自嘲《じちょう》気味に言った。

「いらしても、あなたは楽しくないと思うわ」エミーがとりなした。「フリーマーケットに行ったり、村を歩き回ったりしているんですもの」

スタブロスの手がエミーの手に重なった。「きみと一緒にいるだけで、ぼくには十分さ」

エミーは照れたように笑って手を引っこめた。「あら、お料理が来たわ。わたし、おなかがぺこぺこ」

「どうしてウィーンに?」スタブロスがケリーに話しかけた。

「冒険を求めてかしら。ヨーロッパは初めてなんです」

「ウィーンは美しい街です。でもギリシャのようなロマンがない。ぜひギリシャにもいらしてください。クレタ島ではエーゲ海の青い海に太陽が輝いていますよ。白い壁に紫色の花が咲き乱れ、みんなタベルナという酒場に集まっては飲んだり歌ったりしています」

ただの社交辞令かもしれないが、スタブロスの目は誘うように光っている。まさか、考えすぎよね、とケリーは思った。エミーの目の前でくどくはずがないもの。それでもケリーはなんとなく居心地が悪かった。

「クレタ島にお家があるんですってね。エミーから聞きました」ケリーは口を開いた。

「それでクレタ島を贔屓《ひいき》になさるんですね」

「今度エミーと一緒にいらしてください。そうしたら、クレタ島がどんなにすばらしいかわかりますよ。エミーのお友だちならいつでも大歓迎です」そう言うと、スタブロスはエミーに向かって冷ややかな笑みを浮かべた。

スタブロスはヘンリエッタの家に呼ばれなかったのでプライドが傷ついているんだわ、とケリーは思った。ヘンリエッタがエミーのフィアンセとして彼を気に入っていないのは明らかだ。もちろん彼のほうもそれに気づいているし、気にもしているのだ。ヘンリエッタは結婚して貴族になっただけだけれど、その社会的地位は非の打ちどころがない。スタブロスの社会的認知を求める戦いは、エミーをあいだにはさんで熾烈《しれつ》なものになりそうだ。

「ヨーロッパでは週末、自宅にお客さまを招待するんですね。残念ながら、わたしの国では泊まり客は迷惑とされているんですよ」ケリーは言った。

スタブロスは肩をすくめた。「大きな家があれば、誰かと一緒に過ごすのも楽しいものですよ」

「そうね、きっとそれが問題なんだわ。今はみんな大きな家に住んでませんもの。それに、使用人を雇う費用もないし」

スタブロスはエミーをちらっと盗み見た。「ここでも同じことですよ。古い城は税金の不払いで売りに出されているんですから」

「わたしも聞きましたわ」ケリーは言った。「売りに出されたお城はどうなるんですか?」

「学校かホテルにするんでしょう」スタブロスは興味なさそうに答えた。「でも、あんな隙間《すきま》風だらけで、水もろくに出ないような家に金を払って泊まる人間がいるかどうか」

「湯わかし器を設置すれば魅力的なホテルになると思いますけど」ケリーは反論した。

「まあ、金がかかるだけだ。そうだね?」スタブロスがエミーに向かって尋ねる。

エミーはうつろな笑みを返した。「ものを買うのはあなたのほうがよくご存じだわ」

「かわいい子猫ちゃんには鋭い爪があるな」スタブロスはつぶやいた。「わたしは元気のいい女性が好きでね」

が、ケリーの耳にはほとんどなにも聞こえていなかった。アイデアがどんどん浮かんできたのだ。

エミーに二度呼びかけられて、ケリーははっとわれに返った。「ごめんなさい。なんですって？」

「一緒に化粧室に行きましょうって言ったのよ」エミーがもう一度言い直した。

「ええ、いいわよ」ケリーは椅子を後ろに引いた。

「ふたりとも一緒にいなくなるのかい？　どうして女性はこう集団行動が好きなのか、わたしには理解できないね」スタブロスは声をたてて笑った。

「これは女性が友情を確かめあう儀式なんです。ちょうどフットボール選手がシャンペンをかけあうみたいな」ケリーは説明した。

化粧室に入ると、エミーはケリーの横に並んでその顔色をうかがった。「ねえ、彼のこと、どう思う？」

「思っていたとおりよ」

「彼のことを魅力的だと言う女性は多いのよ」

「とても人あたりがいいけれど、わたしなら結婚はしないわ。どんなにお金持ちでもね」

「あなたは簡単にそう言うけれど。わたしは宝くじをあてにもできないし」

今打ちあけなくちゃ、とケリーは思った。でも、自分のことを話している暇はない。あと数分のあいだに、エミーが人生を棒に振らないように説得しなくては。

「スタブロスの思っていることがわからない？」ケリーは言った。「彼はあなたを完全に自分の支配下に置きたいのよ。誰とどこに行ったかまで全部知っていないと気がすまないんだから。そんなの耐えられる？」

「正直言って結婚したいわけじゃないけど、でも嫌いじゃないわ。とても心の広い男性よ」エミーも簡単には納得しない。

「そうだわ、聞いて。細かいところはまだ検討しないといけないけれど、いい考えがあるの。だから今日は結婚すると返事をしないと約束して」

エミーは首をかしげた。「ケリー、心配してくれるのはわかるけど、どうにもならないのよ」

「そんなふうに思いこまないで。とにかく一日だけだから」

「もう言いわけも思いつかなくなってきたわ」エミーは途方に暮れた。「なんて言ったらいいかしら？」

「なにか考えて。とにかく、わたしの言ったとおりにしてね。夕方に電話をするから」

「わかったわ。あなたがそこまで言うなら」エミーはため息をついた。

ふたりがテーブルに戻ると、目の覚めるようなブルネットの美女がエミーの席に座っていた。彼女が身ぶり手ぶりをまじえて勢いよくしゃべるのを、スタブロスは甘いほほえみを浮かべてじっと聞いている。ケリーとエミーが帰ってきたのに気づいてふたりは顔をあげたが、その美女は席をあけようともしなかった。

エミーはあいた席に座り、そっけなく挨拶《あいさつ》をした。「こんにちは、クレア。ウィーンにいらしてたのね。知らなかったわ」

「スタブロスから聞かなかった?」ブルネットの美女はわざとらしく目を見開いた。「わたし、クレタ島から彼の飛行機に乗せてもらってきたのよ」

「お客さまと話すのに忙しくて、言う暇がなかったんだ」スタブロスは言葉巧みに説明すると、話の矛先を変えた。「ケリー・マコーミックを紹介しよう。こちらはきみと同じ国のクレア・デュモント」

ケリーに向かって彼は言った。

「《ボーグ》の表紙にあなたの写真が載っていなかったかしら?」ケリーはこの美女にどことなく見覚えがあるのに気づいて言った。

「やっと発売されたの?」クレアは言った。「写真をとったのはもう何カ月も前なのよ」

「あの表紙のドレス、とても素敵でしたわ」ケリーは愛想よく言った。

「すばらしいドレスだったと思わない？　でも、あの値段！　クリスマスにはあんな素敵なプレゼントをくれる男性がほしいわ」そう言って、クレアは思わせぶりにスタブロスを見た。

「デザートとコーヒーを一緒にどうだい？」スタブロスは話題を変えようとして言った。

「そうしたいけど、美容院の予約に遅れそうだから」クレアはしなやかな動きで立ちあがった。「ありがとう、いろいろと」そして手を軽くスタブロスの肩に置いた。

なにげないしぐさだが、ケリーにはぴんと来るものがあった。スタブロスはウィーンでは清廉潔白な紳士で通っているけれど、クレタ島では派手に遊んでいるんだわ。この週末は家でパーティーを開いたのかしら？　それとも、ふたりだけのパーティー？　どちらにしても、女遊びに飽きたようには見えない。そしてその性癖は結婚してもきっと変わらないだろう。

クレアがいなくなると、ケリーはさりげなく言った。「なんて陽気な女性かしら。パーティーに呼んだら華やかになるでしょうね」

「今度、クレアも一緒にパーティーに呼びますから、あなたもいらっしゃいませんか？　エミーが手配しますから」

「わたし、あの人好きじゃないわ」エミーが言った。「見かけは華やかだけど、中身は低俗よ。一緒になるのはいやだわ」

「それなら無理することはないんだよ」スタブロスはなだめるように言った。

ケリーはそんな様子を見ていたが、ついに言った。「とても楽しいお食事でしたわ。ご一緒させていただいてありがとうございました」

「まだ帰らないでしょう?」エミーが言った。「デザートがまだよ。ここのケーキはとてもおいしいのに」

「そのとおり。まだいいでしょう」が、スタブロスの言葉にはエミーのような熱意がなかった。人を見る目がなかったら、今のような成功はおさめられない。彼はケリーを敵と見破ったに違いない。

「ありがとうございました。でも本当に行かないと」

「まだ早いわ」エミーは引きとめた。「午後ずっとなにをするつもり?」

「そんなこと言うと、ふたりきりになるのがいやだとお友だちに思われるよ」スタブロスはほほえんでいるが、迷惑そうな表情を隠そうとしない。

「ご心配なく」ケリーは立ちあがった。「エミーの気持ちはよくわかってますから」

ケリーはホテルまで歩いて帰ることにした。考えたいことが山ほどあった。食事のときの会話から、エミーを救いだし、しかも自分のためにもなるアイデアがひらめいたのだ。

アメリカ人が、自分の国には存在しない貴族というものに大変な興味を持っているのは本当だ。城や鎧《よろい》かぶと、広大な敷地……。アメリカにも貴族がいればいいとは思わないまでも、そういったものにあこがれているのだ。

ウィーンの郊外にはたくさんの城が点在している。もしそこに泊まれると知ったら、飛びつく人がたくさんいるんじゃないかしら。もしもエミーの両親みたいに崖《がけ》っぷちに立たされている貴族が、選ばれたお客さまに自分の城を開放したら……。きっとなにもかも解決できるわ。

ただひとつ問題なのは、スタブロスも言ったように、歴史的な建物の嘆かわしい状況だ。人が住めるようにするための費用はどうやって捻出《ねんしゅつ》すればいいだろうか？　観光客には暖房とお湯のふたつはどうしても必要だ。

それから、事業を始めるには、銀行に出向いてお金を借りなければならない。エミーの代理で銀行のマネージャーと話をして、よい投資だと説明しよう。いずれにせよ、お金のかかる家にこだわってさし押さえにあうよりもずっとましだわ。

ケリーはからだ中に興奮がみなぎるのを感じた。まず最初に、暖房と給湯の設備にどれくらい費用がかかるか調べないと。その金額がわかれば、あとはわたしの得意分野だ。借金を返して利益をあげるためには、どのくらいの収入が必要かすぐにわかる。

最初はエミーの窮地を救うためのアイデアだったにもかかわらず、ケリーは次第に夢中になってきた。これはわたし自身の人生も変えるかもしれない。わたしとエミーはパートナーになるのだ。そしてエミーの家のお城を手始めに、ほかの困っている貴族たちも説得して事業に加わってもらう。

顧客はわたしがアメリカから連れてこよう。ゴルフクラブの会員にダイレクトメールを送ったり、高級雑誌に広告を出せば、可能性は無限だ。わたしにとっても胸が躍る仕事になりそうだわ。

この計画はきっとうまくいくという自信がケリーにはあった。次はエミーを説得しなければ。それもなるべく早く！　そのとき初めて、ケリーはあたりの様子が目に入った。まったく見知らぬ街角にいて、タクシーも通らない。そしてやっと一台つかまえたときには、神経がはりつめていた。ああ、エミーがしっかりやってくれればいいけど。

ケリーがあきらめて受話器を置こうとしたとき、エミーが出た。

「もう切れていると思ったわ」息を切らしながらエミーは言った。「ドアの鍵《かぎ》をあけていたの」

「スタブロスは一緒？」

「いいえ、頭が痛いと言ったの……古い手よ」そう言ってエミーは笑うと、急に真剣な声になった。「夕食の前に迎えに来るわ。今日は返事しないとあなたに約束したけれど、今夜彼が答えを迫ってくるような気がするのよ」

「かんしゃくを起こされるのを覚悟しないとね。彼にノーと言える人はそうはいないわ」

「わたしはイエスと言うつもり」エミーは静かに答えた。

「そんなことしなくてもすむのよ」ケリーは興奮に胸を躍らせながら、計画を説明した。

だが、期待していたほどエミーはうれしそうではない。

「うまくいかないわよ」エミーは沈んだ声で言った。「銀行が担保もなしにお金を貸してくれるわけがないでしょう。知識のないわたしでもそれくらいわかるわ」

「担保はあるわ。今説明したとおりよ」

「たとえあなたの言うとおりだとしても、わたしの両親が他人と事業をするとはとても思えないのよ」

思わずケリーはかっとして言った。「わかったわ。あなたの好きなようにすればいいわ。わたしはもう口出ししないから、忠実な娘としてスタブロスと結婚なさいよ。本当はそうしたいんでしょう？」

「ほかにどうしようもないの。あなただってわかるでしょう？」

「ご両親を思う気持ちはわかるけど、自分の人生を犠牲にしたらいけないわ。でも、もうこれ以上言うのはやめる。あなたが決めることだもの。もし気が変わったら連絡して。あと二、三日はここにいるつもりだから」

「どこへ行くの？」

「まだ決めてないけど、ベニスかパリに行こうと思ってるの」

「ずいぶん急じゃない？　週末にはそんなこと言っていなかったのに」

「あのときはまだ決めていなかったのよ」ロマンスは昨日の晩、ヘンリエッタの城の庭で終わったのだ。ケリーはやっと自分でもそれを認める気になった。

しばらく黙っていたエミーが、ためらいがちに口を開いた。「本当にうまくいくと思う？」

「ええ。でも保証はできないわ。見積もりをとるのに時間がかかるし、書類もつくらなければいけないわ。もし銀行がローンの許可をくれても、すぐお金がおりるわけじゃないもの。スタブロスをいつまでも待たせられないし、これでうまくいかなかったら、なにもかも失うことになるかもしれないのよ」

エミーは少し間を置いてから、力のこもった声で言った。「わたし、やってみるわ！」

「すごいわ！　それじゃ始めましょう」

気がつくと、ふたりは一時間近くも話しこんでいた。計画を練りあげると、作業を分担して、エミーは工事の見積もりをとり、ケリーは必要な書類を用意することになった。数字が出そろったら、ケリーがそれを銀行へ持っていき、ローンの手続きをする。

「でも、ひとつだけ残っている問題があるの」ケリーはゆっくりと口を開いた。「もしご両親を説得できなかったらどうする？」

「あなたのさっきの勢いで説得すれば大丈夫よ」

「言いすぎてたらごめんなさいね」ケリーは口ごもった。

「そんなことないわ。あなたの言うとおりだもの。でも両親も悪い人たちじゃないわ。いやな相手と無理やり結婚させようとしていたことがわかったら、ぞっとするでしょうね。お金に苦労したために、判断力を失ってしまっているのよ。とにかく、わたしにはお金の苦労をさせたくないって……」

「どの親でも子供のことを心配するものよ」ケリーはとりなした。

「わたしは両親に誇りをとり戻してもらいたかったの。でも、やり方が間違っていたみたい」エミーはきっぱりと言った。

「ご両親はこれから人生最高のときを過ごせるわよ」そう言って、ケリーはくすくす笑った。「お母さまのディナー用のドレスも経費で落とせるし」

「そうだ、わたしも着替えなくちゃ。もうすぐスタブロスが迎えに来るわ。今日のデートは楽しみだわ」

「彼がなにも言わずに引きさがると思わないほうがいいわよ」ケリーはひと言注意をしておいた。

「大丈夫。なんとかするわ」エミーは自信たっぷりに答えた。「やっと自分で自分の人生を決められるようになったんですもの」

7

急に大人びたエミーの姿に、ケリーは深い満足感を覚えた。これからなにがあろうと、誰かに頼っていたのでは救われないとわかったに違いない。

数分後に電話が鳴り、ケリーは思わず笑みを浮かべた。これからは電話が多くなりそうだ。エミーはこの計画に夢中だもの。

ケリーは笑いながら受話器をとった。「なんの話か知らないけど、明日にしましょう。とにかく服を着て」

一瞬黙りこんでから聞こえてきたのは、エーリックの笑い声だった。「男としては、美しい女性からそういう言葉は聞きたくないね」

ケリーは口がからからに乾き、膝から力がぬけていくのを感じた。思わず座りこんだが、ひと言も言葉が出てこない。

「ケリー？　話くらいしてもいいだろう。どうしてなにも言わないんだ？」

「わたし……あなたから電話なんて、ただびっくりして……」ケリーはきれぎれに答えた。

「電話をするなとは言わなかっただろう?」

「ええ、まあ……あの、元気?」ケリーはぼんやりときいた。

エーリックは吹きだした。「それは今朝からって意味かい?」

ケリーは大きく息を吸って、落ち着きをとり戻そうとした。「ばかげたことを聞いてごめんなさい。確かに今朝会ったばかりだったわね。で、なんのご用かしら? なにか言い忘れたことでもあるの?」

エーリックの声が急にまじめになった。「それが問題なんだ。きみになにも言えなかったことが」

「わたしの記憶では、ずいぶんいろいろ言っていたと思うけど……それも悪口ばかり」

「でも、まだ言い終えてない」エーリックは優しく言った。「きみがどう思おうと、わかってほしいことがあるんだ」

「クルトがどんなひどい人かはもう十分に聞いたから、これ以上聞きたくないわ。それに財産目あての男からわたしを守ってくれたこともね」

「話はそれだけじゃないんだ」

ケリーはため息をついた。「ねえ、もうやめましょう。またすぐに大げんかになりそうだわ」

「クルトの話をするために電話したんじゃない。彼の話はもうしないよ」

「それなら、なんで電話を？」

「それはヘンリエッタの家でなかなか言うチャンスがなかったからさ。言おうとすると、きみがぷいと横を向いて歩いていってしまったり、誰かの邪魔が入ったりして」

「これ以上なんの話があるの？」

「電話では言えないよ」

「電話以外では聞かないわ。もう会いたくないの、エーリック」

「そう言われるんじゃないかと思っていたよ。でも、どうしても聞いてほしいんだ」エーリックは言葉を続けた。「ロビーにいるから、すぐにおりてきてくれ。そうでないと、ぼくのほうからあがっていくよ」

「いやよ」だが、エーリックの口調からして、彼は本当にそうするだろう。

「わかった。今から上に行くぞ」

「だめよ、待って！　わたしが下に行くわ」まだそのほうがましだわ。ロビーならまさか抱きしめられることはないだろうから。


エレベーターのドアが開くと、そこにエーリックが立っていた。彼は不機嫌そうな顔をしている。

ケリーは顎をつんと上に向けて口を開いた。「さあ、来たわ。簡単にすませてね。わたしはすることがあるんだから」

「必要以上の手間はとらせない」そう言いながら、エーリックは彼女の腕をとり、ロビーを横ぎっていった。

「どこへ行くの？」ケリーは腕を振り払おうとしたが、彼は強く握ったまま離そうとしない。

「誰も邪魔の入らない場所にだ」

「どこにも行きたくないわ。どうしてここじゃいけないの？」

「今言っただろう」

ケリーは抵抗したが、エーリックに追いたてられるように外へ出て彼の車に乗せられた。車が走り始めると、彼女は尋ねた。「どこへ連れていくつもりなの？」

「遠いところではないさ」

「それじゃ答えになってないわ」ケリーは思わず声を荒らげた。

ケリーが怒ってもエーリックは気にもとめていないようだ。しばらくしてやっと、彼は車を川ぞいの駐車場にとめ、エンジンを切った。

ケリーはうろたえてあたりを見回した。川には小さな船から豪華なクルーザーまでさまざまな船が停泊している。

「ここでなにをするの？」ケリーは聞いた。

「誰も邪魔が入らないように、ぼくのクルーザーに乗るんだ」

ケリーは黙って彼のあとをついていった。議論しても無駄だし、ちょっと見てみたいような気もしていた。クルーザーを持っているなんて初めて聞いたもの。

白塗りの豪華なクルーザーが薄明かりのなかに浮かびあがっている。エーリックは手をさしだしてケリーをクルーザーに乗せると、キャビンに案内した。なかには、明るいプリント地のソファと椅子が置かれ、テーブルには本や雑誌がのっている。

ケリーは壁にかかった水彩画から広い窓の外に広がるドナウ川に目を移した。「素敵」思わず彼女はそう言った。

「気分が変わってとてもいいだろう」

「あなたがクルーザーを持っているとは知らなかったわ。どうして言ってくれなかったの?」

「言う機会がなかったんだ。だって、いつもクルトのことでけんかばかりしていただろう?」

「それは誰のせい?」

エーリックはため息をついた。「今夜ここに来たのは、けんかの続きをするためじゃないよ。昨日の晩、きみのあとをついて外に出たのは、謝るためだったんだ。でも、それじゃまだ足りなかったみたいだな。今朝だってぼくが話をしようとしても、きみは逃げてしまった。もう会いたくないと言わんばかりにね」

「あなたのしつこさには驚くわ。気になる女性は全員自分のほうを向かせないと気がすまないの?」

「きみへの気持ちはそんなんじゃない」エーリックは彼女をじっと見つめながら、両手をポケットにつっこんだ。「きみを愛している」

ケリーは鋭く息を吸いこんだ。「そんなこと、わたしが信じると思う?」

「いや。きみにはなにも信じてもらえなかったからな。でもこれは本当だ」

「それならあの公園の……あのあとどうして電話をくれなかったの?」

「きみが怯《おび》えるんじゃないかと思ったんだ。自分自身の気持ちを持て余しているだろうとね。だからすぐには会いたくないだろうと思ったのさ」

理性を失いかけたあの夜の出来事がまざまざと記憶によみがえってくる。「とても経験が豊かなのね」ケリーは彼のほうを見ずに小声でつぶやいた。

「ぼくが誘惑したんじゃない。きみは認めたくないかもしれないけど。きみとぼくのあいだにはなにかがあるんだ。それはなにも言葉を交わさなくても、手もふれなくても燃えあがるんだよ」

「どうしてそれが愛だとわかるの?」

「きみのすべてがほしいから。ひと晩だけではなく、週末だけでなく、すべての時間がほしいんだ。離れていてもきみのことばかり考えている。この週末をきみと過ごすチャンスを見逃せなかった。確かにマグダを連れていったのは失敗だったけど」

「クルトへの面あてでしょう。彼女が騒ぎを起こすのも計算していたんだわ」

「あのふたりを対決させたかったんだ。人前であんな騒ぎを起こすとは思わなかったけど。でも、もともとはクルトが自分でまいた種なんだよ。クルトはマグダと長いあいだつきあっていた。誰もがふたりはいずれ結婚すると思っていたんだ。だが、きみのほうが結婚相手としてよさそうだと思った彼は、なんの説明もなくマグダを捨てた。それがばれたら、きみにもあいつの身勝手さがわかるだろうと思ったんだよ」

「クルトはヘンリエッタに頼まれただけなのに。わたしたちのあいだにはロマンスのかけらもなかったのよ」ケリーは言いはった。

「きみはそうだったかもしれない。でもクルトの気持ちは誰だってわかるよ。ただ、週末が終わってから結婚を申しこめばよかったのに、どうして待たなかったんだろう。それがわからないんだ。きみがクルトの指輪をしているのがマグダに見つかったら、彼女はとり乱すに決まってる。どうしてそんなばかなことをしたのか……」

「クルトはやけになっていたのよ。わたしがあなたを愛しているんじゃないかと思って」

エーリックが引きつった笑い声をあげた。「そりゃけっさくだな」

「そうでもないわ」ケリーは小声でつぶやいた。

エーリックは少し顔をしかめて彼女を見返した。「皮肉だよな。今日だって、誘拐してきみをここに連れてきたようなものなのに」

ケリーの胸に幸せな気分がこみあげてきた。エーリックがわたしを愛しているなんて……本当かしら？　男性はほしいものを手に入れるためにはそういう言葉を使うときもあるもの。でも、もう少しでわたしを自分のものにできそうなときでも、彼は手をふれようとしなかったわ。それが証拠よ。信じられないけど、彼は本当にわたしを愛しているんだわ！

ケリーは輝くような笑みをエーリックに向けた。「最初から本当の気持ちを言ってくれたら、素直についてきたのに」

「どういう意味かよくわからないが」

ケリーは彼にゆっくりと近づいていった。「もしかしたら、あなたって思ったより女性を知らないのかも」

エーリックの顔に希望の光が輝き始めた。「きみもぼくを……？」

ケリーは彼の首に腕を回して、その意志の強そうな顔を見あげた。「わたしはあなたに夢中よ。これでわかった？」

「ああ！」

エーリックはケリーのからだを抱き寄せたかと思うと、息もできないほど情熱的なキス

いる。

彼の両手はケリーのからだを愛撫《あいぶ》して

を浴びせた。彼の喉の奥から満ち足りた声がもれ、彼の両手はケリーのからだを愛撫《あいぶ》している。

彼女も彼に負けないくらい熱烈なキスを返していた。夢じゃないかしら、とケリーは思った。まだ信じられない気がして、手で彼のからだを確かめずにいられない。

「夢じゃないと言ってくれ」

ケリーは笑った。「あなたの夢はいつもこんなに鮮やかなの？」

「いつもきみの夢ばかり見ているよ」

ケリーは彼の耳をそっと指でなぞった。「教えて、どんな夢？」

エーリックは彼女のからだを抱きあげた。「こんなふうに始まるんだ」

彼は唇を重ねながら、ケリーのからだを下の階のキャビンに運んでいく。舷窓《げんそう》からさしこむ月明かりにベッドが照らされていたが、彼女にはエーリックしか目に入らなかった。

彼の腕、その唇、からだのぬくもりが彼女に火をつける。

エーリックはベッドの横にケリーを立たせると、まずパンツスーツのジャケットを脱がせた。レースのボディースーツが肌のようにぴったりはりついている。彼は思わずその胸のふくらみをてのひらで包みこんだ。

そのとたん、甘い戦慄《せんりつ》がケリーのからだ中に広がった。エーリックはパンツのベルトをはずしながら、胸にキスの雨を降らせている。やがてパンツが床に滑り落ちると、今度はケリーが震える手で彼のシャツのボタンをはずしていった。

「これはぼくの夢にはなかったよ」そう言いながらも、エーリックはされるままになっている。

「夢を見ていたのはあなただけじゃないわよ」

ケリーはそのまま肩からシャツを脱がせ、たくましい胸板にキスした。エーリックは低い声をもらし、力をこめて彼女を抱き寄せる。炎のような情熱が高まるにつれて、彼の指はジッパーかボタンを探してケリーの背中に回った。

なかなか見つからないため彼がぶつぶつつぶやくのを聞いて、ケリーは甘い笑い声をあげた。「これはボディースーツっていうの」そう言ってからだを離し、腿のあいだにあるスナップに手をやる。

「こんなものをデザインしたやつはサディストだ」エーリックは彼女の手を振り払い、自分の指で探りあてようとした。

彼が手間どっているあいだに、ケリーのからだに熱いものが広がっていった。そしてやっとスナップがはずれたころには、彼女の足はがくがくしてきた。

エーリックはレースのボディースーツを脱がせた。ほとんど全裸に近いケリーを見る彼の目は、エメラルドグリーンに光っている。彼女のからだを覆っているのはもうパンティーストッキングだけだ。

「ああ、なんてすばらしいんだ」エーリックはそう言うと、彼女の首筋から胸、そして腰へと手を這《は》わせていった。

ケリーは両手をさしのべてささやいた。「抱いて。わたしを愛して」

「ああ、約束するよ」

エーリックはゆっくりとストッキングをおろしていった。そしてあらわになった足に唇を這わせていく。そのとたん、ケリーの口から思わずあえぎがもれた。

「夢のこの部分がたまらないんだ」そう言って立ちあがり、彼女を抱きあげてベッドに運ぶ。

あっと言う間に残りの服を脱ぎ捨てると、エーリックも彼女の隣に身を横たえた。焼けつくような彼の肌の感触がケリーをますます燃えあがらせる。彼女は思わず両腕を彼のウエストに巻きつけて抱き寄せた。

エーリックがゆっくりと彼女のなかに入っていく。ケリーはからだをそらせた。ふたりのからだがひとつにとけあい、愛のリズムを刻み始める。やがてふたりは一緒に官能の渦に巻きこまれていった。

炎のような情熱が少しずつ静まっていく。ふたりはしっかりと抱きあい、その余韻を楽しんでいた。

エーリックはけだるそうに頭をあげて、ケリーのこめかみにキスをした。「そして、こういうふうに夢は終わるんだ」

「もうわたしに飽きたの？」ただの冗談なのに、夢の終わりだと思っただけでも不安になってくる。

「まさか！」エーリックは片方の眉をつりあげて、彼女をじっと見おろした。「きみはもうぼくのものさ。決して離さないよ」

ケリーはどきっとした。エーリックは結婚のことを言っているのかしら？　まさかいくらなんでも早すぎるわよね。少なくともわたしには、もっとよく考える時間が必要だ。

エーリックは腕のなかのケリーを抱きしめ、その頭を肩にもたせかけた。「きみは完璧《かんぺき》な女性だ」

ケリーはにっこりした。「完璧な人なんていないわ」

「きみがいる。きみはセイレーンのからだと天使の顔を持っているよ」

「心は？」ケリーはからかうように言った。

「もちろん、それもきみの大きな魅力だ」エーリックは彼女の顎を上に向かせると、いとしそうにその顔をのぞきこんだ。

「この週末にきみのことがずいぶんわかってきたよ。クルトの扱い方を見ていてもそうだ。きみはどんなに迷惑に思っていても優しく断っていただろう」

「かわいそうなクルト」ケリーはため息をもらした。「悪い人じゃないのよ。ただ価値観がゆがんでいるだけ」

エーリックは不意に笑みを浮かべた。「でも、きみを紹介してくれたことについてはクルトに感謝しなきゃ……たとえ偶然でも。もし彼が財産目あての男じゃなければ、ぼくたちは知りあえなかったかもしれないんだから」

ケリーは胸がずきっとうずくのを感じた。今こそ本当のことを打ちあけなくては。エーリックがなんと言うか恐れる理由はない。きっと思い違いを笑いとばしてくれるわ。

「あなたは本当のわたしのことをまだよく知らないのよ」ケリーは話を切りだした。

「とても深く知っているよ」エーリックはくすくす笑いながら、彼女のからだ中に手を這わせた。

「そういう意味じゃないの」

「ほかにどんな秘密があるんだい？」そう言いながら、ケリーの胸にキスする。「全部言ってくれ」

「今言おうとしているわ」ケリーはきれぎれに答えた。

「自分で探りあてるほうがぼくはいいけど」エーリックがくぐもった声でつぶやく。

「お願い、エーリック。そんなことをされていると考えられなくなるの。本当に話がしたいんだから」

「なんでも言っていいよ」そう言うと、エーリックは人さし指で背中をなぞりながら、からだを押しつけてきた。「なんの話をしたい？」

どうでもいいわ……今は。「あとにするわ」そうささやくと、ケリーは彼のキスを受け入れた。

さっき情熱につき動かされるように求めあったのとは違い、今度は余裕を持って愛しあった。やがてふたりはシーツにくるまり、互いの腕のなかで眠った。

しばらくしてケリーが目を覚ますと、キャビンのなかは静まり返っていた。見慣れない部屋で、一瞬どこにいるのかわからない。ホテルの部屋じゃないわ。そのときエーリックのからだのぬくもりが記憶を呼び覚まし、彼女はほっとして幸せに満ちたほほえみを浮かべた。

エーリックも目をあけ、優しいまなざしでケリーを見た。「これも夢にあったぞ。目を覚ますと、きみが腕のなかにいるんだ」

甘いキスを交わすと、ケリーは言った。「とっても静かね。きっともう遅いんだわ」そのときふと、床に脱ぎ捨てた服が目に入った。「服をハンガーにかけておかないと。明日ホテルのロビーを通るときにあまりくしゃくしゃだといやだから」

エーリックは彼女を抱いた手に力をこめた。「そんなに早くきみを帰さないよ」

「あなたのスタミナにはびっくりだわ」ケリーは笑った。「一週間でもベッドにいられそうね」

「試してみたら」

「やめておくわ。みんな公爵みたいに好きなことだけしていられる身分じゃないもの」ケリーはからかった。「現実の世界に生きている人もいるのよ」

「きみはぼくが遊んでばかりいると思っているんだね?」エーリックが聞き返す。

「悪いと言っているんじゃないのよ」ケリーはあわててとりなした。「楽しんで悪いことないですものね?」

「それじゃ、ぼくはとても浅はかな人間になってしまうよ。誰でもなにかで社会に貢献しなければいけないよ。ただ生きているだけじゃなくてね」

「寄付をしているんでしょう?」

エーリックは肩をすくめた。「財産があれば、お金を寄付するのは簡単だよ。ぼくはそれ以上のことをしたいと思ったんだ」

「どんなことを?」

「子供のホスピスの話をしただろう? ぼくはその理事をやっている。ただ名前だけでなく、その運営にかかわっているんだ。そのほかにも慈善団体の役員をして、基金集めに参加しているよ」

ケリーは尊敬の念をこめて彼を見つめた。「ちっとも知らなかったわ。パーティーに出るのが仕事だと思っていたわ。あなたってとても責任感があるのね」

エーリックは顔をしかめた。「ほめてもらうつもりで言ったんじゃないよ。酒と女に浸っているただのプレイボーイだと思われたくないだけなんだ」

ケリーは心からの愛情をこめて彼を見つめた。「あの混雑したパーティーで、みんなにとり囲まれているあなたを初めて見たときから、特別な人だと思っていたわ。わたしに気づいてくれたのだって信じられないくらいよ」

「ぼくは生まれてからずっときみに出会うのを待っていたんだよ」

ふたりは甘い愛の言葉と優しい愛撫を交わしながら、キスを楽しんだ。そしてそうしているうちに次第に情熱が高まり、もう一度愛しあった。

しばらくして、エーリックがぼんやりとケリーの髪を撫《な》でながら言った。「この一週間はきっと思い出に残るよ」

「一週間ですって？　まさか本気じゃないわよね！」

エーリックが笑った。「心配しなくていいよ。一週間もベッドに縛りつけておくつもりはないから。クルーザーでブラティスラバへ行こう。スロバキアの街でここから二、三時間なんだ。そこにクルーザーを置いて飛行機でブダペストへ行くんだ。どう？」

「まあ、素敵！」

「よし、それじゃ朝一番に出かけるぞ」

「お昼ごろになるわ」ケリーは言った。「一度ホテルに帰って荷物を持ってこないと」

「どうして？　いるものはなんでも買ってあげるよ」

「パスポートがいるわ。あなたもでしょう？」

「そうか、忘れていたよ」エーリックは認めた。「これで、ぼくにはどんなにきみが必要かわかっただろう？」

「わたしが何度でも思いださせてあげるわ」ケリーは軽く冗談めかして言った。

「それじゃ、きみをホテルに送って、ぼくも自分の荷物をとってくることにしよう。でも、ぐずぐずしている暇はないよ。なるべく早く出かけたいんだ。ドナウ川から見る景色はすばらしいよ」

「スーツケースに荷物を放《ほう》りこむくらい、すぐに終わるわ」ケリーは約束した。「それからエミーに電話をかけるだけ」

「きみたちふたりがそんなに仲がいいとは知らなかったよ」

「知りあったばかりなのに、気が合うのよ。エミーの裏表のないところが好きだわ」

エーリックもうれしそうに笑った。「ああ、エミーはいい子だ。なにか人生の目標を見つければいいと思うんだが」

「その方向に向かわせているところ」ケリーは自信ありげに言った。

「いったいどうやって？」

「ヘンリエッタのランチに呼ばれたとき、エミーは両親の経済状態の話をしてくれたの。親を助けるために父親より年上の男性と結婚するなんて信じられないわ」

「ヘンリエッタもぼくもとめたんだが、聞き入れないんだ。でも先のことはわからないだろう？　ジェット機で飛びまわるような大富豪の暮らしが性に合うかも知れないからな」

「スタブロス・セオポリスに会ったことは？」

「紹介されたことはある。なかなか感じのいい男だったよ。年の差があっても案外うまくいくかもしれない」

「問題は年の差だけじゃないの」ケリーはかいつまんで説明した。「スタブロスは女遊びが好きなのよ。そして、それを変えるつもりはないわ。エミーの目の前でわたしに色目を使うんだから。信じられる？」

「別に驚かないよ」エーリックはいとおしそうに答えた。「きみの魅力に逆らえる男性なんていやしない」

「エーリック、まじめに聞いて。あなたは彼の人あたりのよさにだまされているのよ。彼と結婚したら、エミーには地獄のような生活が待っているわ」

「きみの思い違いであるように祈っているよ。だってエミーが決めたことなんだ。ぼくたちにはどうしようもない」

「わたしは説得するだけじゃなくて、逃げ道を用意してあげたの」ケリーは澄まして言った。

「どういうことだい?」

ケリーは例のプロジェクトを勢いこんで彼に説明した。「救いだすだけじゃなくて、エミーの立派な仕事になるわ。軌道にのせるには何年もかかるでしょうけど」

だが、エーリックは賛成しかねる、といった表情を浮かべている。「きみの情熱に水をさすつもりはないけど、きみはそのプロジェクトを進めるのにどれくらい費用がかかるかわかっていないよ」

「見積もりが全部出そろったらわかるわ。エミーが今週それを集めるはずよ。そうしたら銀行にお金の使い道を詳しく説明できるでしょう?」

「銀行は収入のほうが知りたいんじゃないか」エーリックは冷静な意見を述べた。

「それも部屋数が決まったら計算できるわ。でも、厳選した会員というのが売り物だから、お客の数は少ないほうがいいわね。その代わり一人分の費用を高めに請求するの。それで収支が合うでしょう」

「それだけの借金を返すには何年もかかるぞ」

「修理の費用を何年かにわたって償却すれば、返済可能よ。そのうえ減税措置も受けられるし、ローンの利子は控除の対象になるわ。負債額が大きすぎなければ、銀行も好意的に見てくれるはずよ」

エーリックは感心したようにケリーを見つめた。「驚いたな。きみは本当によく知っている」そう言って、その鼻先にキスをする。「きみほど魅力的な女性はいないよ。でも銀行は根っから計算ずくだ。たとえ損益表では利益が出ても、それだけのお客をどこから連れてくるつもりか聞かれるぞ」

「手ごたえのありそうなところにアプローチするつもり」ケリーはそのための方法を説明した。

エーリックはむずかしい顔をして聞いている。「なかなか大変そうだぞ。なにもきみがそんなことまでしなくてもいいのに。どうしてそんなに一生懸命になるんだ？」

「これはわたしのアイデアだし、エミーひとりじゃできないから」ケリーは簡単に答えた。

エーリックは両手で彼女の頬をそっと包んだ。「きみにはすばらしいところがたくさんある」

答えをはぐらかしているのは、ケリーは自分でもわかっていた。どうしてそんなにこのプロジェクトに打ちこむのか聞かれたときが、本来のことを打ちあける絶好のチャンスだった。確かにエミーのためでもあるけれど、この事業が成功するかどうかはわたし自身の経済状態にも大きな意味を持つのだ。今のペースで使っていけば、もうすぐお金を使い果たしてしまう。そのことを、エーリックには打ちあけておかなければ。

「本当はわたし、あなたが思うほど気高くないのよ」ケリーは慎重に言葉を選びながら切りだした。「あなたはまだわたしのことがよくわかっていないわ」

「それじゃ、楽しみながらきみについての理解を深めよう」そう言ってエーリックはにっこり笑った。

ケリーが話を続けようとしたとき、彼のおなかが大きな音をたてて鳴った。彼はナイトテーブルの上の時計に目をやった。もう一二時を回っている。そう言えば、まだ夕食を食べていなかった。

「キッチンになにがあるか見てこよう」

「エーリック・フォン・グライル・ウント・タスブルク公爵がお料理ができるなんて信じられないわ」ケリーは、ジーンズとTシャツを着ようとしている彼を見ながらふざけて言った。そして自分も床に足をおろして立ちあがった。「先に始めてて。わたしもすぐに行くから」

ケリーはパンツのジッパーをあげる手をとめた。また話を変えられたわ。エーリックはもうなにもかもわかっているんじゃないのかしら？　それで聞こうとしないのよ。ああ、いとしいエーリック……。なんて思いやりがあるのかしら。やっと彼の気持ちがわかったわ。もう二度とこの話を蒸し返すのはやめよう。過去は過去、未来だけを見るのよ。明るい未来を。

狭いキッチンで、エーリックは口笛を吹きながら鍋《なべ》でなにかを温めていた。

ケリーはうれしそうにそのにおいをかいだ。「いいにおい。なにができるの？」

「たいしたものじゃないさ。スパゲティの缶詰がふたつあったから、それでいい？」

「もちろんよ。テーブルの用意をしましょうか？」

「いいや、座っていて」エーリックは彼女の頭越しに手をのばし、食器棚から皿を二枚とりだした。

ケリーにとって、こんな思い出に残る食事は初めてだった。小さなテーブルにエーリックと向かいあって座っていると、幸せがこみあげてくる。結婚したら、きっとこんな感じに違いない。それとも、わたしはあまり多くを望みすぎかしら？　そもそもエーリックに愛していると言ってもらえるとは思っていなかったのだから……。

物思いにふけっていたケリーは、エーリックの声ではっとわれに返った。

「ぼくの料理でそんなに喜んでもらえるなんて信じられないな」

「あら、女性がどんなに感激するかはよく知っているでしょう？」

「ほかの女性には興味ないよ」エーリックはテーブル越しに手をのばし、彼女の手を握った。「きみだけを幸せにしたいんだ」

「もう十分幸せよ」ケリーは甘い声で答えた。「幸せすぎて怖いくらい」

「なにも怖がることはないよ」エーリックは約束した。「誤解は全部解けたんだ」

ケリーは服はほとんど残して急いで荷物をつめた。旅行にはジーンズ、セーターにスニーカーが一番だ。少し迷ってから、なにかのときのためにドレスも一枚だけ入れた。荷物をスーツケースにつめ終えると、ケリーはエミーに電話をした。

「ずいぶん朝早く出かけたのね」エミーは言った。「九時に電話をしたら、もういなかったわ」

「ええ。メッセージを受けとったわ」ケリーはあたりさわりのない答えをした。

「あんなに朝早くどこに行ったの？」

ケリーは思わず口もとをほころばせた。エーリックの腕のなかにいたのだ。情熱的な夜を過ごしたふたりは、朝までゆっくり眠っていた。

「話があるの」エミーは返事を待たずに言葉を続けた。

「まだ迷っているんでしょう？」ケリーは急に不安になった。

「とんでもない。スタブロスとは昨日の夜別れたの」

「彼はなんて？」

「そりゃ、いい顔はしなかったわ」エミーはそっけなく言った。「わたしの気が変わらないとわかったら、相当ひどいことを言ったし」

「大丈夫？」

「気分は最高よ！　あなたがいなかったら、深く考えずに彼と結婚していたかもしれないもの。彼は人あたりはいいけれど、とても冷酷な人間だわ。どうしてそれが見ぬけなかったのかしら？」

「経験豊かな人だって、スタブロスにはだまされるわ。彼のことは忘れてこれからのことを考えましょう」

「それで電話をしたの。配管と電気工事の業者と話をしたら、どんな設備が必要かわかったの。これから見積もりをとりに行くところ。午後に金額を知らせるわ」

「そう……実は……わたし、出かけることになって……」

「かまわなくてよ。夜に電話をするから」

「それが……つまり、しばらくいなくなるのよ」

「まさか気が変わったんじゃないでしょう？」エミーは心細そうな声を出した。

「いいえ、そうじゃないんだけど。ただクルージングに誘われたの」エーリックの誘いがそれほど大事と思われてもいけないわ。彼はまだなにも決定的なことは言っていないんですもの。「わたしが一週間いなくても大丈夫。見積もりをとるのにそれくらいかかるわ。全部資料がそろったころには戻ってくるから」

「それで安心したわ」エミーは熱っぽく言った。「頼りにしているんだから」

「大丈夫、任せて」ケリーも約束した。

エミーは不安がおさまると、急に好奇心が頭をもたげてきた。「誰のクルーザーで行くの？　もしかしたら知っている人かもしれないわ」

「その……エーリックよ」ケリーは質問攻めになると知りながら、しぶしぶその名前を口にした。

「いったいいつの間に？　週末のあいだはふたりして隠していたのね。けっこう険悪な雰囲気だったけど」

「ちょっと行き違いがあったの。たいしたことじゃないわ。実は、エーリックがドナウ川のクルーズに呼んでくれたの。これは断れないじゃない」ケリーは軽い口調で言った。

「安心した。愛しているんじゃないのね。エーリックはすごくもてるのよ」エミーは少しためらいがちに言った。「人のことに口出ししている場合じゃないかもしれないけど、あなたが傷つくのを見たくないから」

「心配しないで」ケリーは明るく言った。「エーリックは楽しい人よ。でも、ふたりともそれ以上深入りする気はないの」

「それなら大丈夫。楽しんできてね。帰ったら電話をちょうだい」

エミーと話してから、ケリーの幸せな気分はしぼんでしまった。もちろん、エーリックはプレイボーイではない。そう呼ぶには思いやりがありすぎるもの。でも、世の中には美しい女性が大勢いるし、彼だってただの男だ。

その少しあとにドアをノックしたエーリックを、ケリーは無理に笑みを浮かべて出迎えた。最初は彼もそれがつくり笑いだとは気づかなかったようだ。

「思ったより時間がかかってすまない。急ぎの電話に返事をしてきたんだ。用意はいい?」

「ええ」

エーリックはケリーの様子がおかしいと感じて、その顔をまじまじと見た。「どうかしたのかい? ぼくがいないあいだになにがあったんだ?」

ケリーはあいまいにほほえんだ。「会いたかったわ」

「ああ、心配させないでくれ!」エーリックは彼女をきつく抱きしめた。「もう二度と今みたいな顔をしないでくれ。きみを失ったらどうしたらいいかわからないんだ」

「そんなことありえないわ」ケリーは彼の顎にキスをした。「わたしは準備オーケイだけど、あなたは?」

8

ドナウの風景にケリーはすっかり心を奪われた。青というよりは緑に近い水をたたえた川は、いくつもの国を通って黒海に注ぎこむ。

堂々とそびえたつ国連のウィーン支部が水面を見おろし、その横に運送会社や古い穀物倉庫を改造した美しいホテルが並んでいた。

だが、クルーザーがウィーンの街を離れると、一変してのどかな田園風景になった。

ケリーは舵《かじ》をとるエーリックの隣のスツールに腰かけ、目を輝かせて景色に見入っていた。「きれいだわ。ウィーンのような大都市もいいけど、素朴な小さな村を歩いてみるのも楽しいでしょうね」

エーリックはほほえんだ。「期待を裏切って申しわけないけど、ブラティスラバはスロバキア最大の都市で、人口が四〇万人を超えるんだよ」

「まあ、残念。田舎の雰囲気を味わおうと思ったのに」

「それは大丈夫。きみの大好きなお城もあるよ」エーリックはからかった。

彼の言ったとおりだった。それから少ししてブラティスラバに着いたケリーは、すぐにその街に魅了された。切りたった崖《がけ》の上に、まるで絵本からぬけでたような石づくりの城が建っている。夕暮れの薄明かりを浴びて、その古い城は神秘的な雰囲気に包まれていた。

「着いたのが遅くて残念だな」エーリックは言った。「今日はあまり回れそうにない」

「明日、早起きすれば」

「それは今夜何時に寝るかによるな」そう言いながらエーリックは彼女の首に腕を回して引き寄せると、キスをした。

「わたしの勘では、きっとブラティスラバはたいして見ないで終わりそう」ケリーは恨めしそうだ。

「それならぼくが情熱を抑えてきみを観光に連れていこう」

「そんなに極端に変わらなくても……」ケリーは口ごもった。

エーリックは笑いだした。「女性を喜ばせるのはむずかしいな」

「あなたはとっても上手よ、今までのところは」

「そんな目で見られたら、舵を誤って陸に乗りあげてしまうよ。デッキに行ってて」

ケリーは手すりに寄りかかりながら、異国の風景に浸っていた。遠くにゴシック様式の教会の塔とバロック様式の時計台がかすかに見える。

しばらくして、エーリックもデッキにあがってきた。「今夜はホテルに泊まりたい？」

彼は聞いた。「キャビンは狭いだろう」

「キャビンでもいいわ、だって抱きあって眠れるもの」

エーリックは彼女の肩に腕を回した。「今試してから決めようか?」ケリーが困った顔をすると、彼はドックをちらっと振り返った。「冗談だよ。さあ、陸にあがって日が暮れる前に少し歩いてみよう」

だが、たいして歩かないうちに、日が暮れてあたりは暗くなった。

「ちょっと早いけど、食事はどう?」エーリックが言った。

「今食べておかないと、また夜中にスパゲティを食べることになりそうね」そう言って、ケリーは笑った。

手をつなぎながらぶらぶら歩いていくと、小さなレストランの前に来た。

絵のようなそのたたずまいに、ケリーは感激した。長年使いこんで黒ずんだ大きなれんがの暖炉に火が燃えている。テーブルにはブルーと白のチェックのテーブルクロスがかかり、そのまんなかに置かれた小さな花瓶には花が生けてあった。そのうえジプシーのバイオリン弾きが哀愁漂うメロディーを奏でている。

「ハンガリーの影響だ」エーリックは彼女に説明した。「ブラティスラバは一七〇〇年代後半までハンガリーの首都だったんだ」

「古い街なのね」

「確か歴史はこうだったよ。五世紀ごろスラブ人がここに住み着いたが、ブラティスラバの歴史はローマ時代にまでさかのぼるんだ。当時はポゾニウムと呼ばれていたと思う……」食事をしながら、エーリックはケリーに歴史をざっと説明した。

「とても詳しいのね」ケリーは感心して言った。

「自分の国みたいなものだからね。きみだって自分の国の歴史は知っているだろう」

「だって簡単ですもの。まだ歴史が浅いから」

「アメリカにも行ってみたいな。ヨーロッパ人から見るとすごく広い感じがするんだ」

「アメリカに行ったことは？」

「ニューヨークとワシントンDCだけだ。それだけじゃ行ったうちには入らないけど」

「そうね、まだ行っていないところがたくさんあるわね。わたしと一緒に来たら、まずロサンゼルスを徹底的に案内してあげるわ」

エーリックはふと顔をしかめた。「まさかアメリカに帰るんじゃ？」

「一、二週間のうちには帰るつもりだけど」

「ウィーンを楽しんでいるとばかり思っていたよ」エーリックはさりげなく言った。

「楽しいわ。でも、一度お金持ちの観光客を探しに帰らなきゃ。そのことは話したでしょう？」

「それほどさし迫っているとは思わなかった」そう言うと、じっとケリーを見つめる。

「目的を達したらまたウィーンに帰ってくるつもり?」

ケリーは胸がつぶれそうだった。もしエーリックが結婚を考えているなら、今プロポーズしてくれるはずだ。少なくともウィーンに残るように言ってくれてもいいのに。でも、そうせずに彼はわたしの好きにさせるつもりだ。彼女はじっとテーブルを見おろし、フォークやナイフをもてあそんでいた。

「また帰ってくるわ」ケリーは慎重に答えた。「軌道にのったらヨーロッパの顧客も開拓したいから」

エーリックが寂しそうに目を曇らせた。「きみがいなくなると寂しいよ」

「わたしもよ」ケリーもささやき返した。どんなにつらいか、あなたには想像もつかないわ!

「一緒にいられる時間をせいいっぱい楽しもう」やっと笑顔をとり戻すと、エーリックは言った。「まだ今週いっぱいはあるんだから」

それからはあたりさわりのない会話を交わしながら食事を終え、歩いてクルーザーに戻った。さっきまでの親しさがなくなり、どこかよそよそしい。ケリーは下のキャビンにおりたが、エーリックはついてこなかった。操舵室《そうだ》をチェックしてくるとぼそぼそ言いながら、ひとりで行ってしまった。

ケリーはやるせない気持ちで服を脱いだ。エーリックがひと言言えば、このまま残ったのに……。少なくともなるべく早く帰ってきたわ。彼も、女はいつもそばにいて声がかかるのを待っているべきだ、などと考えている男性優位論者なのかしら?

少ししてからエーリックがキャビンに入ってきたが、ケリーは狭いベッドの端にからだを寄せて眠ったふりをしていた。ホテルにしておけばよかったわ、と彼女は思った。彼の隣で眠るのはつらいもの。

目を半分あけて彼が着替えるのを見たケリーは、思わず息をのんだ。舷窓《げんそう》からさしこむ月の光に照らされ、その裸体が銀色を帯びている。まるでギリシャ彫刻のような完璧《かんぺき》なからだだ。そのとき彼がベッドに入ってきて、ケリーはあわてて目を閉じた。

「ケリー、話があるんだ」どうやら眠っていないのを見ぬかれていたようだ。「さっきは子供じみた態度をとって悪かった。ぼくは……それはまあいいとして、とにかくすまなかった」

ケリーもなにもなかったようにはふるまえなかった。「いつか帰らなければならないのは知っていたでしょう?」小さな声で言う。

エーリックは少し黙っていたが、やがて答えにならない答えが口をついてでた。「この事業がどんなにきみにとって大事なのかわかったよ」

「わたしにとってだけじゃないわ。エミーひとりじゃ無理ですもの。わたしがついていないと」ケリーはベッドにからだを起こして胸にシーツを巻きつけた。「あなたったら、まるで子供みたい。自分はやりがいのある仕事を持っているのに、わたしにはそれを許さないつもり?」

「いや、そうじゃない。ぼくはただ、きみの人生にぼくの居場所をとっておいてほしいだけなんだ」エーリックは静かに言った。

ケリーはぼんやりと彼を見返した。「そんなにわたしのことを……」

「どうしたらわかってもらえるんだ?」エーリックは彼女の隣に座ると、その髪を優しく愛撫《あいぶ》し始めた。「ぼくの気持ちは伝えようとしたよ」

ケリーは目を伏せた。「とても満ち足りたセックスだったわ」

エーリックが手を引っこめた。「もしきみがそれだけしか感じなかったのなら、ぼくの失敗だよ。ぼくは愛しあったつもりだった」

「愛は人によってその意味が違うのかもしれないわ」ケリーは低い声で言った。

「そのようだね」エーリックは険しい口調で言った。「でも、少なくともぼくは正直に言ったつもりだ」

「わたしだって。あなたは信じてくれないかもしれないけど」ケリーはため息をついた。

「昨日の夜はあんなに幸せだったのに、またこんなけんかになってしまうなんて。わたしたち、やっぱり合わないのかもしれないわ」

「そんなふうに言わないでくれ!」エーリックは彼女の肩を強くつかんだ。「ふたりで力を合わせればなんとかなるよ」そう言うと、ケリーの唇をそっとなぞった。「ぼくはただきみを幸せにしたいだけなんだ」

「とても幸せよ」またエーリックに言いくるめられそうだ。もしこれが運命なら、逆らうのはばかげているかしら？

エーリックは彼女を腕に抱き寄せると、その頭を自分の肩にもたせかけた。「ぼくは多くを望みすぎているのかもしれないけど、きみを失いたくないんだ。きみをひとりで行かせたくないけど、もし帰ってくると約束してくれるのなら、ぼくはなにも言わないことにする。ぼくをひとりにしないでくれ、ケリー」

「大丈夫。すぐに帰るわ」これこそケリーが聞きたかった言葉だった。幸せが彼女の胸にこみあげてくる。どうしてエーリックの愛情を疑ったりしたのだろう？

それからふたりは唇を重ねた。お互いのすべてを理解しあえた喜びがあふれるようなキスだった。愛の言葉をささやきあい、からだをからめあいながら、ふたりは気持ちを確かめあった。

エーリックは燃えるような目をしてケリーの胸のふくらみを包みこむと、顔を寄せてキスをした。「ああ、きみはぼくのものだ！」

「あなたもわたしのものよ」

ケリーはわれを忘れて手をさしだし、彼の引きしまったからだを愛撫していった。この男性なしで生きていけるわけがない、と思いながら。

エーリックは息を荒くして彼女のなかに入っていった。ふたりはひとつになり、甘く激しい喜びに身を任せる。

やがてふたりは同時に絶頂を迎えた。徐々にからだから力がぬけていく。

「たくさんの女性を知っているんでしょう、エーリック。誰か本気で愛した人はいないの？　正直に言ってちょうだい」

「深い関係になった女性がいたことは否定しないよ。ただ、言われるほど多くはない。魅力的な女性たちで、ぼくもとても好きだった。でも失いかけて、これほどおろおろしたのはきみが初めてだよ」エーリックは頭をあげてケリーを見あげた。「きみは？」

「熱烈なロマンスを経験したって言ってやきもちをやかせたいけど、なにもなかったの。あなたのような人に出会うのをずっと待っていたから」ケリーはそう言って残念そうに笑った。

「それを聞いてどれだけぼくがうれしいかわかる？」エーリックは優しくキスをした。

「ぼくたちは結ばれる運命だったんだ」

「そうだといいわね」ケリーは冷静にこたえた。

「おいおい、これでも信じてもらえないのなら、もうどうしたらいいのかわからないよ」

「うまくいっているときはとても幸せなのに、どうしてすぐけんかになってしまうのかしら」

「もうけんかはなしだ」エーリックはきっぱりと言った。「ぼくたちはお互いに信頼が足りなかった。でも、それももう終わりだ。ぼくの愛情を信じてくれるね？」

「ええ、もちろん！」

「さあ、明日はブラティスラバを見に行こう」

「朝早いなら、もう眠ったほうがいいかしら」

彼女のからだを優しく撫《な》でているエーリックの目がきらりと光った。「あと三〇分くらい別にかまわないだろう？」

ケリーは両腕を彼の首に巻きつけた。「一時間でもいいくらいよ」

それから間もなくエーリックは眠りについたが、ケリーはうれしくて目がさえて眠れなかった。不安はすべて消えてしまった。彼はまだプロポーズはしてくれないが、それはおそらく結婚をえさにしてわたしを引きとめたくないと思っているのだろう。それとも結婚自体、考えられないのかもしれない。長いこと独身を通してきたのだから。

ケリーは暗闇《くらやみ》のなかでにっこり笑った。そのうちエーリックも結婚を考えられるようになるわ。わたしがアメリカに帰っているあいだに、わたしのいない生活がどんなか身にしみてわかるはずだもの。わたしはただ忍耐強くそのときを待っていよう。

ケリーは夢見るような目つきになった。グライル・ウント・タスブルク公爵夫人……。

思わず笑みがこみあげてくる。なんだか舌を噛《か》みそうだわ。ファーストネームも変えたほうがいいかも。ケリーはエーリックにからだを寄せ、目を閉じて眠りについた。

翌日、ふたりはブラティスラバをあわただしく見て回った。ゴシック－バロック建築の市庁舎と美しい時計台を手始めに、旧市街をひと回りする。広場の向かい側に大きな屋敷がいくつも見えた。ただの家にしては大きすぎると思ったケリーは、エーリックにそのことを質問した。

「あれは一七〇〇年代に中産階級のお金持ちが建てた宮殿だよ」

「とってもきれいに保存してあるのね。アメリカではスーパーマーケットやハンバーガースタンドを建てるために古い建物をとり壊しているわ」

「きみの国の建物はまだ歴史が浅いからな」

「ええ、せいぜい六〇年か七〇年くらいですもの。一九二〇年代に建てられたロサンゼルスのブラウン・ダービーというレストランが文化財に指定されたくらいよ」そう言ってケリーはにっこり笑った。

それからふたりは荘厳な聖マルティン教会と、一五世紀の市街を守る要塞《ようさい》のうち現在まだ残っている最後のひとつ、ミハエル門を見て歩いた。

午後になり、ケリーは少し疲れてきた。「もうこれ以上見られないわ」

エーリックは時計をちらっと見た。「そろそろ空港に行く時間だ」

「ブダペストではもう少しゆっくりできる？　一度にたくさん見ると、なにもかもまざってしまうわ」

「今度はゆっくりしよう」エーリックは約束した。「今夜は食事に行くだけだ」

飛行機でブダペストに向かうと、ケリーはまた好奇心がむくむくと頭をもたげてきた。思ったよりずっと大きな美しい街だ。エーリックの説明によれば、もともとはドナウ川をはさんだブダとペストというふたつの街だったそうだが、今はたくさんの橋で結ばれてひとつの都市になっている。

エーリックが案内してくれたホテルはすばらしく豪華だった。スイートルームに上品な家具が備えられ、大きな窓からは公園が見渡せる。ケリーはコーヒーテーブルの上のバラの花束のにおいをかいだり、小さなバーをのぞきこんだりしながら、うきうきと部屋中を見て歩いた。

「ゆっくりくつろいでシャンペンでも飲もう」エーリックが言った。「荷物もそれほどないだろう」

「ブダペストがこんなにヨーロッパ的だとは知らなかったわ。一枚だけドレスを入れてきてよかった。でも毎晩同じ服を着ることになりそうだけど」

エーリックはシャンペンの栓をぬくと、グラスをふたつ出して注《つ》いだ。「必要なものはなんでもホテルで買ったらいいよ。素敵なお店があるから」

「もちろんお値段も立派なんでしょう」

ケリーは少なくなりつつある資金を思い浮かべた。倹約しなければ。もうお給料ももらえないし、新しい事業で収入を得られるようになるまでまだ何カ月もかかるのだ。

「きみはつつましいんだね」エーリックはいとおしそうに彼女の髪をもてあそびながら言った。「お金は使うためにあると、いつになったらわかるんだい?」

ケリーは浮かない顔で彼を見あげた。まさか? エーリックはわかってないのかしら? 「少し横になって休んだら?」エーリックはそう彼女にすすめた。「ぼくは少し下を見てくるよ」

ケリーは横にならずにゆっくりバブルバスに身を浸した。クルージングも楽しかったけれど、大きなバスタブにゆったりとからだをのばす贅沢《ぜいたく》も捨てがたい。

しばらくたってもエーリックは帰ってこなかった。ケリーが入浴を終えバスローブにくるまっているとき、ベッドルームから彼の声が聞こえてきた。

「どこに行っていたの? どうしたのかと思ったわ」ベッドルームに入っていったケリーはびっくりして足をとめた。ベッドの上に箱が山と積まれている。「これはいったい……?」

「ちょっと買い物をしたのさ」

「ハンガリーの経済をたて直しそうな勢いね。なにを買ったの?」

「あけてみてごらん?」

最初の箱には赤いサテンのコートドレスが入っていた。ラインストーンの飾りボタンときらきら光る幅の広いベルトがついている。ふたつ目の箱に入っていたのは、薄いブルーのシルクのドレスだった。

「どれも素敵」ケリーはかすれた声で言った。

「気に入ってくれると思った。次のはここで着るにはちょっとどうかと思うけれど、どうしても素通りできなくて」

ミニ丈のドレスに銀のビーズが一面に縫いつけてある。前から見るとごくシンプルなデザインに見えるが、後ろはゆったりとしたドレープがウエスト近くまで垂れさがり、背中がのぞくようになっていた。そして最後の箱にはラメ入りのストッキングと銀のサンダルが入っていた。

「なんと言ったらいいのか……でも、こんなことしてくれなくてよかったのに」ケリーは途方に暮れて言った。「デザイナーブランドのドレスがどんなに高いか知っているもの」

エーリックは素知らぬ顔で言った。「もし気に入らなかったら、とり替えたらいいよ。ほかにもなかなか趣味のいい服があったから」

「三枚ともとても気に入ったわ」ケリーは答えた。「あなたの趣味はとても素敵だけど、お金の使いすぎだわ」

「きみに喜んでほしいだけだよ」そう言うと、エーリックはケリーの髪をふざけて引っぱった。「きみは自分のためには買えないみたいだから」

やっぱり思ったとおりだ、とケリーは思った。エーリックはわたしがお金持ちでないことを知っていたのだ。今さら話を蒸し返さなくてよかった。一枚しかドレスを持ってこなかったと言ったとき、彼はわたしがその話をしようとしていると思ったのかもしれない。

「今夜はどれを着る?」エーリックが聞いた。

「あなたに選んでもらうわ」

「赤いのかな」そう言うと、エーリックはシャツのボタンをはずしながらバスルームに向かって歩きだした。「急いでシャワーを浴びるよ。それから食事に行こう」

エーリックが腰にタオルを巻いてバスルームから出てくるころには、ケリーはもう着替え終わっていた。くるっとひと回りして彼にドレスを見せる。赤いドレスはとてもよく似あっていた。スカートは膝のすぐ上でふんわりと広がり、広いベルトがほっそりしたウエストを強調している。

「気に入った?」ケリーは彼に尋ねた。

「最高だよ!　服を着ているときと脱いでいるときとどっちがきれいか決めかねるな」

ケリーは甘い声で笑った。「決めるのはあとにしましょう」

見るべきものがたくさんあるので、翌朝早くエーリックとケリーは行動を開始した。まず最初に訪れたのは英雄広場だった。広々した広場には守護天使ガブリエラの像を中心に、馬に乗ったマジャール人の首領の像が七つ並んでいる。

「なんてきれいで静かなところなのかしら」ケリーは言った。「あの両側にある建物はなに？　とってもきれいだけど」

「左側がアートギャラリーで、右側は美術館だ。あのふたつは今日はやめておこう。きみを漁夫の砦《とりで》に連れていきたいんだ。その後ヒルトンホテルで食事をしよう。なかなかきれいだよ」

「ホテルで？」ケリーは耳を疑った。

「そのホテルは中世の教会とドミニコ修道院の跡地に建てられたんだ。とり壊しを始めたとき、作業員が掘りだした古い壁を捨てる代わりに計画を変更してデザインの一部に使うことにしたのさ」

いろいろな場所を訪れるたびにケリーの胸はときめいたが、なかでも漁夫の砦が一番だった。まるでディズニーランドからぬけだしたお城のようなのだ。

「魔法のお城みたい」ケリーは目を輝かせて言った。「美しいプリンセスが今にも出てきそうだわ」

「プリンセスならもうここにいるよ」そう答えると、エーリックは彼女の額にかかった髪をそっと指で払いのけた。

ケリーは景色に目を奪われていた。右のほうには色とりどりのタイルが幾何学模様に並んだとんがり屋根の教会が見え、ドナウ川の向こう岸には国会の建物が見える。川のまんなかに緑の生い茂った島があった。

「建物が見えるけど」ケリーは指さした。「誰が住んでいるの？」

「あれはマルギット島だよ。リゾート地でホテルがふたつある。明日行ってみよう」


ハードな一日を過ごしたケリーとエーリックは、翌朝遅くまで眠っていた。

ケリーは一日のんびりできるのが楽しみだった。ホテルに頼んでランチを用意してもらい、島をゆっくり散策しよう。

島の美しさには、ケリーは正直言って驚いた。遠くから見ると緑に覆われて谷があるのに気づかなかったが、スイレンの花がぽっかりと浮かぶ静かな池に滝がほとばしるように流れこんでいる。

もうひとまわり大きな池では、アヒルが鳴き声をあげて泳ぎ回っていた。島の端には、緑の芝生を見おろすようにロココ調の給水塔が立っている。ふたりはそこでランチをとることにした。

芝生の上にテーブルクロスを広げているエーリックに、ケリーも手を貸した。「すごいごちそう」彼がローストチキンと、ポテトとマッシュルームをつめたパイ、それに白ワインの瓶をとりだすのを見て、彼女は言った。「わたしのいつものランチはツナサンドイッチなのに。こんなに食べ続けていたら、そのうち新しいドレスが入らなくなっちゃうわ」

食事を終え、残りものを包み終わると、エーリックはケリーの膝枕《ひざまくら》で芝生の上に寝転がった。「ああ、気持ちいい」目を閉じた彼の顔がにっこり笑っている。

ケリーは彼の豊かな髪を撫でながら言った。「こんなにのんびりしたあなたは初めて見たわ。いつもはあんなに精力的なのに」

「それは服を着ているときの話?」エーリックは目をあけて、いたずらっぽく彼女を見あげる。

「お行儀よくしてね。ここは公共の場所なんだから」ケリーが命令口調で言う。

「それでもきみがほしくなる」エーリックは彼女の手をとって頬に押しあてた。

ケリーはにっこりした。「そうね。あなたはそういう人だわ」

「きみはぼくのすべてを知っているからな」そう言って、エーリックは声をたてて笑った。

「あら、そんなことないわ。あなたは自分のことをぜんぜん話してくれないじゃない」

「ほかのみんながいろいろ言ってくれるからな」エーリックは少し憂鬱《ゆううつ》そうに言った。

「はぐらかさないで、エーリック。まず家族のことから聞かせて。きょうだいは？」

「ぼくには家族と呼ぶような人間は誰もいない。年とったおじとおばがいるだけだ。両親はずっと前に亡くなっている。自家用機で事故にあったんだ」

「まあ、お気の毒に」

「悲惨だったよ。ぼくはそのとき大学に行っていて、家を離れていた」

「若いあなたにはつらかったでしょうね」ケリーは気の毒そうに言った。

エーリックはもの思いにふけるような表情をしている。「ちょうどむずかしい時期だったよ。親戚《しんせき》に引きとられるには大きすぎるし、結婚して家族を持つにはまだ若すぎた。大人にならざるをえなかったけど、それも決して悪いことじゃなかったと思うよ。この世の中にひとりっきりだと思うと、自分の人生を切り開くことを覚えるものだ」

ケリーは、それでなにもかもわかったような気がした。エーリックは家庭の安らぎを必要としていないのだ。魅力的な人柄と高貴な血筋で、どこに行っても歓迎される。結婚して新しく得られるものはなにもないのだ。彼女は思わずため息をもらした。

「ごめん、暗い気分にさせて」エーリックは立ちあがると、手をさしのべてケリーを立たせた。「自転車を借りられるかどうか見に行ってみよう」

一週間はあっという間に過ぎていった。ふたりは毎日、ドナウ川の流域にある博物館や古城、史跡をめぐり歩き、夜になると一流レストランや地元の料理を食べさせる小ぢんまりとした店で食事をした。

ホテルの部屋に戻るころは夜もふけていたが、疲れていても愛しあう妨げにはならなかった。どんな美しい景色も、お互いの姿の前には輝きを失ってしまう。愛のささやきが甘いうめきに変わり、めくるめく喜びを与えあう毎日だった。

帰る前の夜、ケリーはエーリックの腕のなかでささやいた。「時間がたつのはあっという間ね。帰りたくないわ」

エーリックは彼女の頭にキスをした。「つまり楽しかったってこと?」

「わかっているくせに。この旅が終わるのはつらいわ」

「終わらないいさ」エーリックはいとおしそうに言った。「これは始まりなんだ。きみに見せたい場所がまだたくさんある」

「そうじゃないの。この一週間はハネムーンみたいだったから」ケリーはうっとりしたように言った。が、エーリックのからだがびくっとしたのを感じて、あわててつけ足す。「別に結婚したいと言っているわけじゃないのよ」

闇にまぎれてエーリックの表情が読みとれない。

「本当? 女性はみんな家庭に入って子供を持ちたいのかと思っていたよ」

「いつかはするかもしれないけど、今はちょっと。その前にしたいことがたくさんあるから」

「たとえばどんな？」

「新しい仕事を軌道にのせることよ。帰るまでにエミーが必要事項を調べてくれているはずだから、あとはわたしの仕事だわ。プロジェクトの費用を見積もって銀行に持ちこむのよ」

「そいつは大仕事だな。でも、どうしてそんなに打ちこむんだい？」エーリックは表情一つ変えずにたずねた。

「やりがいがあるからよ。ひとりでもやりとげられることを証明したいの」

「だからと言って、プライベートな生活を犠牲にすることはないだろう。仕事と結婚を両立させている女性はたくさんいるよ」

「もちろん不可能じゃないけど、今のところは結婚なんて考えていられないほど毎日が楽しいわ」ケリーはあっさりと言った。

「楽しんでもらえていると思うと、うれしいよ。本当にそれできみは満足なんだね？」

エーリックの言葉が胸につき刺さる。「わたしも結婚についてはあなたと同じ考えよ」

ケリーは嘘《うそ》をついた。

「いつでもいやになったら別れられる……そう思っているんだね？」エーリックは念を押した。

「あなたもね」

これがきっと彼の本心なんだわ。もし真剣に結婚を考えているのなら、その話題が出るたびにびくっとしたりする代わりにプロポーズするはずだ。

「ケリー、泣いているのかい?」

「泣いてなんかいないわ」ケリーはあわてて目をしばたたかせて涙を隠した。

それでもエーリックは彼女の涙に気づいたようだ。優しくケリーを腕に抱き寄せると、彼は言った。「きみがいやならこの話はやめよう。最高の一週間にしたいからね」

「今でも最高よ!」ケリーは両腕を広げ、彼の首に回すと、ぎゅっと抱きしめた。「ずっと忘れないわ」

エーリックも力をこめて抱き返す。「思い出がほしいんじゃない。ぼくがほしいのはきみだよ」

「これ以上どうやって?」ケリーが尋ねる。

エーリックは両手でケリーのからだを愛撫しながら、彼女の唇に唇を重ねた。もう先の心配をするのはやめよう、とケリーは思った。これからどうなろうと、今のエーリックがわたしのとりこなのは間違いないもの。

9

ケリーとエーリックがウィーンに戻ったのは、もう夕方近かった。

空港の外でタクシーを拾うと、エーリックは彼女にきいた。「ホテルに送っていく前に、ぼくの家に寄ってもいいかい？　会社がしまる前に連絡をとりたい相手がいるんだ」

「もちろんかまわないわ」ケリーは答えた。「あなたの住んでいるところを見てみたいわ」

「そのままいてもいいけど、エミーと急ぎの話があるんだろう？」

「ええ、エミーとはどうしても連絡をとらないと」ケリーはがっかりしたのを気づかれないようにそう言った。「今ごろエミーは見放されたと思っているかも」

「すぐに終わるよ」彼は約束した。「電話を一本かけるだけだ」

「大丈夫よ、それほど急いでいないから」

エーリックのタウンハウスはヘンリエッタの家ほど広くはないが、室内の美しさはどちらが上とも言えないくらいだった。玄関のシャンデリアの下には象眼細工を施した丸い大理石のテーブルがあり、金色の額縁に入った値段もつけられないような貴重な絵が壁を飾っている。

「素敵な玄関だわ」ケリーはパステル調の印象派の絵の前に行って立ちどまった。「なかも見たくなるわ」

エーリックは腕時計を見た。「二、三分待ってくれるなら家中案内してあげるよ」

「電話をかけてきて。わたしならそのあいだにひとりでぶらっと見ているから」

「どこでも自由に……」エーリックはそう言いかけたが、ふとけげんそうに階段の上を見あげた。上からかすかに音楽が流れてきているのだ。「変だな。上に誰かいるみたいだ」

「誰か使用人がいるの？」

「一週間休暇をやったし、第一ロック・ミュージックが趣味のやつはいないはずだが」

「きっと帰ってくると思っていなかったのよ」

「たぶんね」エーリックはまだ浮かない顔をしている。「様子を見てくるからここにいて」

そのとき、音が急に大きくなった。誰かがドアをあけたようだ。「誰だ、そこにいるのは？」エーリックは叫んだ。

若い女性が階段の上に姿を現した。長いブロンドの髪をなびかせ、ブラウンの瞳をした彼女は、そばかすひとつないきれいな肌をしている。一〇代の後半のようだが、すっかり成熟した女性の雰囲気を漂わせていた。

「エリザベス！」エーリックはうれしそうに呼びかけた。「来るんだったら言ってくれたらいいのに」

「びっくりさせたかったの」

「大成功だよ。下に来てよく顔を見せてごらん」そう言って彼は両腕を大きく広げた。

エリザベスは軽やかに階段を走りおり、ケリーの目の前でエーリックの腕に飛びこんだ。彼の表情を見ればその女性をどう思っているかひと目でわかる。

「どこに行っていたの？」玄関の前に置いてある荷物に気づいて、エリザベスは言った。

「ドナウ川のクルーズに行っていたんだ。きみが来るとは思ってもいなかったよ」エーリックはやっとケリーを振り返り、エリザベス・クロネンブルクを紹介した。

女性ふたりはそっけなく挨拶《あいさつ》を交わした。

「ウィーンの方じゃないでしょう？」エリザベスが言った。

「ええ、アメリカから来たの」

エリザベスの前に立つと、ケリーはくしゃくしゃの髪やくたびれた服が気になってしかたがなかった。エリザベスはまるでファッション雑誌に出てきそうな美女だ。エーリックが夢中になるのも不思議はない。

エリザベスはケリーが気に入らないようだった。「あなた、エーリックとはまだ知りあったばかりね。あなたの名前は聞いたことがないわ」

ケリーは無理に笑顔を作った。「あなたがいると思わなかったから、わたしもびっくりしたわ」

「エリザベスはいつもこうなんだ」エーリックはくすくす笑った。「本当なら今はスイスの学校にいるはずなのに、こんなところでなにをしているんだ？　学校はどう？」

「つまらないことばっかり。あんなばかみたいな学校へ行ってどうするのかしら」

「よい妻になる勉強をするんだろう」

ケリーの頭のなかに疑問が駆けめぐり始めた。このティーンエイジャーはもしかしてエーリックのフィアンセ？　それで彼はひとりの女性に深入りしないのかしら？　ずっと前からエリザベスを妻にと決めていたの？

「学校に行かなくても、もう夫になりたい男性からの申しこみならたくさんあるわ」エリザベスは自信満々だ。

「そうか。それならけっこうだ」エーリックはエリザベスに甘いほほえみを返すと、ケリーのほうに歩み寄った。「飲み物は？」

「いえ、けっこうよ。電話をしに来たんじゃなかった？」

その言葉で、彼も思いだしたようだ。「もう遅くなったからいいよ。こんなことなら初めからホテルに送っていけばよかったな」

「いいのよ。とにかく、早くこの服を着替えたいわ」ケリーはエーリックにべたべたしているエリザベスから逃れたくて、そう言った。

エーリックがケリーの気持ちに気づかずためらっていると、エリザベスが言った。「どうぞ。わたしなら気にしないで行ってきて。電話をしたいところがいくつかあるから」

「わかったよ。ケリーをホテルまで送ったら戻る」

「わたし、出かけるかもしれないわよ」エリザベスはひと言言わずにはいられないようだ。

エーリックはため息をついた。「わがまま言わないで、エリザベス」

「なにが？」エリザベスはあどけないまなざしで彼を見あげた。「クラウス・コブレンツから街に来たら電話をするように言われているだけよ。たぶん一緒に食事に行くと思うわ」

エーリックは渋い顔をしている。「ぼくがクラウスをどう思っているか知っているだろう。金持ちのどら息子だ。あいつとはかかわってほしくないな」

「クラウスがかわいそう」エリザベスは抗議した。「一度ちょっとしたトラブルに巻きこまれただけなのに」

「飲酒運転で逮捕されたんだぞ」エーリックはきっぱりと言った。「ちょっとしたトラブルとは言えないな。運よく誰もけがさせなくてすんだが、そうでなければ今ごろ刑務所入りだ。あいつの車には絶対乗るんじゃないぞ、いいな」

エーリックがほかの女性のことで気をもんでいるのが、ケリーには耐えられなかった。彼女は立ちあがり、口ごもりながら言った。「わたし、タクシーで帰ろうかしら？」

「話がついたらすぐに送るから」エーリックは少しいらだたしげに答えた。

「わたしなら平気、本当よ」それ以上なにも言う間を与えず、ケリーは部屋を出ていった。

エーリックが困ったようにその後ろ姿を見送っていると、エリザベスが言った。「誰だって一度くらいは失敗することがあるわ。もう一度チャンスを与えてあげるべきよ」

「きみの命がかかっていなければね」エーリックは沈んだ声で答えたが、エリザベスの顔を見るとその表情がなごんだ。「きみになにかあったら困るんだ、エリザベス」

エリザベスはエーリックに近づくと、両腕を彼のウエストに回した。「エーリック、わたしを愛している？」

「ああ、きみは特別さ」エーリックも彼女を抱き寄せ、その頭にキスをした。

エリザベスは勝ち誇った笑みを浮かべて、彼の厚い胸板にその頬をすり寄せた。

ケリーは呆然《ぼうぜん》としてホテルの部屋のなかをうろうろ歩き回っていた。心安らぐ休暇がこんな終わり方をするなんて！　ブダペストではあんなに幸せだったのに。今朝だって愛しあったばかりだ。ほかにも女性がいたなんてこれっぽっちも感じさせなかったわ。

ううん、エリザベス・クロネンブルクはまだ女性とも呼べないじゃない！　単なるわがままなティーンエイジャーよ。顔とスタイルは大人の女性そのものだったけど……。でも、エーリックのような大人の男性がそれだけで満足できるの？　美しく、しかも知的な女性をたくさん知っているのに。あんな若い娘とどうして気が合うの？

きっとなにかきちんとした理由があるのかもしれないわ。親戚《しんせき》かもしれないし、自分に夢中のティーンエイジャーに優しくしているだけかもしれない……。

自分で自分に言い聞かせようとしても、むなしいことはよくわかっていた。エーリックには家族はいないし、さっきの態度には優しさというよりも愛が感じられた。それくらいはわかる。わたしを見る彼の目は、この一週間ずっとあんなだったもの……。

そのとき電話のベルが鳴ったが、ケリーは身動きひとつできなかった。今みたいな気持ちではエーリックと口をききたくない。でももし出なかったら、避けていると思われるだろう。そしてその理由もわかってしまうかも……。やきもちをやいているなんて絶対に知られたくないわ。彼女は急いで受話器に手をのばした。

が、受話器の向こうから聞こえたのはエミーの声だった。「やっとつかまえたわ！　もう帰ってこないのかと思った」

「一週間留守にすると言ったでしょう」ケリーはぼんやりと答えた。

「ええ、わかってるけど。伝えたいことががたくさんあるの」

ケリーは憂鬱《ゆううつ》な気持ちを抑え、エミーの話に耳を傾けた。「よいニュースだといいんだけど」

「よいのも悪いのもあるわ。バスタブや洗面台がこんなに高いとは知らなかったわ。それに、銅の配管なんて信じられないような値段よ」

「見積もり書はもらった？」

「いっぱいもらったわよ。そうだわ、今夜食事はどう？　これまでに手に入ったものを見せるわ」

　ケリーは少しためらっていたが、やがて言った。「いいわ。どこで会う？」

　エミーはとてもよく調べてくれていたが、結果はなかなか厳しかった。改築の費用はエミーの言ったとおり、とてつもなく高い。

「見えないところは削りましょう」ケリーは言った。

「暖房と給排水は見えないけど、どうしても必要だわ」エミーが鋭い点をついてくる。

「装飾を削ろうと思っているの。ただ、パンフレットにはすばらしく見せたいのよね……ヘンリエッタのお城みたいに。あれくらい素敵だったら、お客さまが殺到するわ」

「何十万ユーロもかかるのよ」

「外観をきちんとするだけならその何分の一もかからないわ。花壇をつくったら、びっくりするほど見栄えがするわ。それから、あなたのお城には円形の車寄せはある？」

「いいえ、うちのはまっすぐ中庭につながっているの。でも、どこもひどい状態よ。そうだ、一度自分の目で確かめてみない？」

「そうね。でも、ご両親はなんておっしゃるかしら?」

エミーは口ごもった。「喜ぶとは思えないわ。でも拝み倒してだめなら、脅してでもこの計画に賛成してもらわなくちゃ」

「それならわたしがいないほうがいいかもしれないわね」

「でも、まず最初に見ておかないと、見当もつかないでしょう。大歓迎される保証はできないけど、それでも来るべきよ」

「わかったわ、行くわ。断られてもともとですもの。ところで、スタブロスからなにか連絡はあった?」

「いいえ。あのあとすぐに怒って街を出ていったみたい。きっとヨットにでも乗ってすねているんじゃないかしら? たぶんふられたのは初めてなんだわ」

「お金しか目に入らない女性が気の毒ね」

「わたしもそのひとりだったわ」エミーがしゅんとして言った。

「そうじゃないわ。それがいいと思いこまされていただけよ」

エミーが身震いした。「彼と別れてから初めて恐ろしさがわかったの。もしお金のために結婚しなければならなくても、エーリックみたいに素敵な人にするべきよね」そう言って彼女はにっこり笑った。

「彼は夫向きじゃないということで意見が一致しなかった?」ケリーはなるべくあっさり

と言ったつもりだった。

「でも、いずれは誰かと結ばれるんでしょうね。跡継ぎの男の子がほしいに決まっているもの」

「きっと若くて美しい人でしょうね。誰かしら?」ケリーはそれとなくエリザベスのことを探りだそうとした。

「エーリックがデートするのはみんなそういう女性よ」エミーがにっこり笑った。「あなたみたいに。今週は楽しかった?」

「ええ、とても」ケリーはあたりさわりのない答えをした。

「どこに行ったの?」

「ブラティスラバでしょう、それからブダペスト」

「ブダペストは素敵な街だと思わない? 素敵なところがいっぱいあって」

ケリーはエーリックと過ごした一週間のことにはふれたくなかった。が、エミーはどんなレストランやナイトクラブに行ったのか質問してくる。しかたなく答えているうちに、楽しかった思い出がよみがえってきた。

そのうちにケリーの胸も少し軽くなってきた。エーリックは楽しくてとても思いやりのある恋人だった。きっと彼もわたしに対して愛情を抱いていたに違いない。からだだけがめあてだったとはとても思えないわ。

ホテルの部屋に戻るころには、ケリーは元気をとり戻していた。さっきのことは全部エリザベスが仕組んだことじゃないかしら。エーリックのせいじゃないわ。もしわたしさえ子供みたいに怒って帰ったりしなければ、こんなみじめな気持ちにならずにすんだかもしれない……。

今すぐエーリックに電話をしたい、とケリーは思った。でももう真夜中だ。朝になったらすぐに電話をして仲直りをしよう。

翌朝、ケリーはエーリックに電話をかけた。ずいぶん長く呼びだし音を鳴らしたのに、彼は出ない。切ってかけ直そうと思ったとき、エリザベスが出た。ケリーはショックのあまり、言葉が出てこなかった。

「もしもし」エリザベスがもう一度言った。「どなたですか？」

ケリーは受話器を関節が白くなるほどぎゅっと握りしめていた。今度は勝手に思いこまないようにしなくちゃ。「エーリックはいます？」

「ケリー？」

「ええ。エーリックをお願いします」

「彼は今シャワーを浴びてるわ。まだ起きたばかりなの。彼の電話には出ちゃいけないことになっているんだけど、あまり長く鳴っているから大事な用かと思って」

「いえ、別にたいしたことじゃないわ」ケリーはぼんやりと言った。「ふたりとも朝食を終えたところなの。すぐに出てくると思うわ。ひとりのときは時間がかからないもの」エリザベスはそう言って、くすくす笑った。

あてつけだとわかっていても、ケリーの胸中は穏やかではなかった。「それじゃ……もう……」

「なにか伝言は?」

「いいえ、電話があったことも言わなくていいわ」

ケリーは凍りついた指で受話器を置いた。自分をごまかすのはここまでにしよう。エリザベスはエーリックと一夜を過ごした……それも初めてではないのだ。昨日ふたりの関係に気づいたのに、信じたくないばかりに打ち消していただけだった。エリザベスはエーリックの家の鍵《かぎ》を持っていた。そうでなければ、誰もいない家にどうやって入ったというの? あんなに若いのに、ふたりの関係はずっと前からだったんだわ。

ケリーは胸にぽっかりと穴があいたような気がした。ウィーンを離れたいけれど、エミリーとの約束がある。彼女は顎をつんと上に向けると、部屋の向こうのクローゼットに向かって歩きだした。

着替え終わり、ロビーにおりていこうとしたとき、エーリックから電話がかかった。「おはよう」彼はご機嫌だ。「昨日はよく眠れた?」

「あなたよりはね」ケリーはきっぱりと言った。

「本当にそうなんだ。昨日はよく眠れなかった。きみが隣にいなかったからかな」

ケリーの胸に怒りがこみあげてきた。「わたしをだましてそんなにおもしろい？」

「なんのことだい？」

「わたしのほうがききたいわ。いったい何人女性がいればあなたは満足できるの？」

エーリックは少し押し黙っていたが、やがて口を開いた。「どうしたんだ？　昨日ホテルへ送らなかったのを怒っているのかい？　ぼくは送ろうとしたよ。覚えているだろう？」

「ぜんぜん熱意がなかったわ」

「それは違う。ぼくは行く前にエリザベスにきちんと言っておきたかっただけだ」

「彼女のほうが大切なのね。よくわかったわ」ケリーはかたい声で言った。

「まさかエリザベスに嫉妬《しっと》しているんじゃないだろうな。あの子はまだ子供だぞ」そう言ってエーリックは優しく笑った。

「甘い言葉ならもうけっこう」ケリーはかっとして言った。「この前はすっかりだまされたけど」

「具体的に言ってくれないか？」エーリックの声が冷ややかになる。「すばらしい一週間だったじゃないか」

「わたしも楽しかったわ。メインイベントの前のウォーミングアップだとは知らなかったけど」

「なにを言っているんだ。まさかエリザベスのことじゃないだろう？」

「あら、そのとおりよ。あなた、あの子とベッドをともにしたんでしょう？」

「それは質問、それともきみの意見？」エーリックの声は不気味なまでに落ち着き払っている。

「言いわけはやめて。彼女から全部聞いたわよ」それは必ずしも本当じゃないけれど、エリザベスの言いたかったことはたやすく想像できる。

「エリザベスがなんと言ったかは知らないが、ぼくはきみに嘘《うそ》をついたことはない。そんなことで責められるのは心外だな。事情も聞かずに決めつけないでくれ」

「見れば……わかるわよ。あの子はあなたに夢中だわ」

「子供のはしかみたいなものだよ。そのうち卒業するさ」

「家の鍵まで渡しているくせに」ケリーは皮肉っぽく言った。

「きみはエリザベスとぼくとの関係を知らないんだ。会うとわかっていれば、きみにも話しておいたんだが」

「そうね。あなたみたいに幅広く女の人とつきあっていたら、あちこちでぼろが出るでしょうからね」

「それじゃ、まるでぼくが女たらしみたいじゃないか」エーリックは落ち着き払っている。

「最初にクルトが言っていたとおりよ。信じなかったわたしがばかだったわ」

「それじゃ、あいつの言うことを信じるのか?」

「ベッドをともにするために愛していると言う男をなんて呼べばいいの? あなたを信じてたのに」

「きみはぼくを求めていたから、ぼくとベッドをともにした。単純なことじゃないか」

ケリーは窮地に追いこまれた。もし愛していることを認めたら、わたしのプライドはずたずただ。もし愛していないのにベッドをともにしたとしたら、浅はかな人間だと思われてしまう。

「間違いだったし、後悔しているわ」ケリーは低い声で言った。

「心配しなくていいよ」エーリックももの憂げに言った。「後悔してなくても誰にも言わないから」

なんて傲慢《ごうまん》な言い方なの……。ケリーは胸の痛みが全身に広がっていくのを感じた。やっぱり最初に思ったとおり彼には愛情なんかなかったのだ。彼女は倒れないでいられる自分が信じられなかった。

「こんな言い争いは無駄だわ」ケリーは静かに言った。「事実は変えられないんだから」

「きみは本当に事実を知っていると思う?」

「少なくとも、わたしたちはもう終わりだと思うくらいはね。さようなら、エーリック」

エーリックはしばらく黙りこんでいたが、やがて口を開いた。「さようなら、ケリー……幸運を祈ってるよ」

三〇分後にエミーから電話があったときも、ケリーはまだベッドの横に腰かけて身じろぎもせずにいた。

「下にいるの。出かけられる？」

「えっ、なに？」ケリーはぼんやりと聞き直した。「ああ、そうだったわ。大丈夫よ」

「どうかしたの？　なんだか変よ」

「わたしは大丈夫。ちょっと……数字に目を通していただけ」

「それなら誰でも頭がぼうっとしてくるわ」エミーは顔をしかめた。

「それほどでもないわよ。五分たったらおりていくわ」

ロススタイン家の城は誰が見ても見すぼらしかった。ツタが壁一面に茂り、中庭の旗台にはひびが入っている。家の前はきれいに芝を刈るどころか草がぼうぼうに生えていた。だが手入れがされていないにもかかわらず、その城は昔の雰囲気そのままに威厳を漂わせていた。

「とてもいいわ」ケリーは感心した。「子供のころは楽しかったでしょうね」

「ええ、よく芝生で友だちと鬼ごっこをしたわ。そのころはゴルフのグリーンみたいだったのよ。今はひどいけど」

「大丈夫、芝を刈ればいいわ」ケリーはあたりを見回した。「あの花壇も草をぬかないといけないし」

「庭師がたくさんいたころのお庭を見せたかったわ。すばらしかったんだから」

「またきれいになるわよ」ケリーは約束した。

「さあ、どうかしら。庭師にどれくらい費用がかかるか、あなたは知らないのよ」

ケリーは広々とした土地に目を凝らした。「丘に羊を放して草を食べさせると聞いたことがあるわ。観光客も田園風景が見られて喜ぶし、維持費も安くすむでしょう」

そのとき正面の扉が開き、淡いブラウンの髪をした背の高い男性がなかから現れた。スラックスに革の肘《ひじ》あてのついたセーターを着ているが、立ち居ふるまいにはまぎれもなく貴族的な雰囲気がある。

「声が聞こえたと思ったよ」そう言って、彼はにっこりエミーに笑いかけた。

「お父さま」エミーはかけ寄ってその頬にキスをした。「お友だちのケリー・マコーミックよ」

歓迎されるわけがないと思ったケリーは身がまえたが、その年配の男性は好奇の目を向けただけだった。

「娘が言っていたのはあなたですね」

「今は歓迎していただけないかもしれませんけど、きっとそのうち考えを変えていただけると思っていますわ」そう言うと、ケリーは手をさしだした。「お城を見せてくださってありがとうございます」

「エミーの友だちならいつでも大歓迎ですよ」エルンスト・ロススタイン男爵はあたりさわりなく応じた。

「お母さまはいる?」エミーが聞いた。

「ああ、おまえを待っているよ」その目が娘になにかを伝えようとしている。

エミーはため息をついた。「さあ、なかに入って。面倒なことを片づけてしまいましょう」

玄関ホールは広いが、寒々としていた。もう正午に近いのに、石の壁は冷えきっている。

ケリーがエミーのあとをついて廊下を行くと、暖炉に火がぱちぱち燃えている応接間に着いた。本や新聞がテーブルの上に積んであるところを見ると、いつも家族で使っている部屋らしい。今は見る影もないソファや椅子が古きよき時代をしのばせていた。

エミーの母親は暖炉のそばに座って本を読んでいたが、ケリーに気づくと、見くだすような目を向けた。

紹介が終わると、ついに来るべきものが来たようだ。ジゼル・ロススタインはエミーに向かって言った。「あなたのお友だちにも言いたいことがあったのよ。来てくれてよかったわ。お父さまとわたしはあなたたちのばかげた計画にはどうしても賛成できないわ」

ケリーは、それを決めたのは男爵ではなくてむしろ夫人のほうではないかという気がした。男爵自身はユーモアのセンスがあって、どんな環境にもすんなりなじんでいけそうだ。エミーの母親が伝統に固執しているに違いない。

エミーはうめいた。「そのことならもう話しあったじゃない。ケリーの計画を試してみるか、お城を失うか、ふたつにひとつなのよ。収入がなかったら、このままここに住み続けることはできないわ」

「わたしは宿屋の女主人になるつもりはありません」ジゼルはぴしゃりと言い返した。「友だちになんと言われると思う？　このお城は何百年ものあいだ一族の住まいだったのよ。わたしたちの家はここよ。それがどうしてあなたにはわからないの？　品のない観光客たちにずかずかと踏みこまれるような観光地とは違うわ」

「お母さまは認めたくないかもしれないけど、暖房をしてない部屋四つで暮らしてつつましくやりくりしているのに、それでも税金は払いきれないじゃない」

「他人の前で話すようなことじゃありません」ジゼルは厳しくしかった。

エミーはほっそりした指で長い髪を撫《な》でた。「いくら見て見ないふりをしても問題は解決しないわ。そのうちいつか銀行が立ちのき命令を言い渡しにくるわよ」

「ばかな！　そんなことになるわけがないわ。この土地は一二世紀に国王からロスタイン家に授けられたものなんですから」

パンフレットにはそれも書かなくちゃ。ケリーは頭のなかでメモをした。観光客が喜びそうだわ。

「なんとか言ってくれない？」エミーは父親に助けを求めた。

「どうにもならないよ。ジゼルの協力がどうしても必要だ」エルンストはうまく逃げた。

「わたしを悪者にしないで、エルンスト！」ジゼルは憤慨して夫にくってかかった。「あなただってこの計画は気に入らないと言っていたじゃないの」

「わたしはいくつか気になる点があるんだ」エルンストはケリーに向かって言った。「なんの保証もなしにこれ以上借金を増やせときみたちは言っているんだよ。設備の整ったホテルじゃなくてこんな城に泊まりたい人間がいるかね？　競争は不利なように思えるが」

ケリーはここぞとばかりに口を開いた。城を自分の目で確かめた今、この計画はうまくいくと自信を持って言える。「泊まるだけなら、おっしゃるとおりですわ。でもここに来る人たちは単にお金を払うだけの宿泊客ではありません。あなたたちのお客さまなのです」

男爵は片方の眉をつりあげた。「それは単なる言葉のあやじゃないかね？」

「いいえ、とんでもない。贅沢《ぜいたく》な設備はありませんから、それ以上のものを提供しなければ。わたしたちが対象とするのは、なにもかもやりつくした豊かな人々です。お金を払って受けられるサービスは非人間的だし、どこへ行ってもよそ者扱いですわ。ですからあなた方はそういった人を自宅のパーティーに招いて地元の名士に会わせるんです」

ジゼルはショックを受けたようだ。「つまり、その人たちをお友だちに紹介しろと?」

「ええ、まあ」ケリーは慎重に言葉を選んで言った。「パッケージには、あなた方のお友だちや地元の方たちをまじえたガーデンパーティーが含まれます。もちろん、観光客がまじっているのはほとんどわからないくらいにしますから、どうぞご心配なく。費用もこちらで持ちます。ケイタリング・サービスの食事やサンドイッチを配ったり、紅茶を注《つ》いだりするボーイもこちらで手配します。みなさんに楽しんでいただけるように気を配る以外は、なにもしなくてけっこうです」

ジゼルは懐かしむような表情になった。「昔はよくそういったパーティーを開いたものですよ」ひとり言のようにつぶやく。

「それからお客さまを歓迎するカクテルパーティーと、最後の夜には正式なディナーを催していただきます。パンフレットにはブラックタイ着用と書いておきますから、みんなそのつもりで用意してくるはずですわ。そのためには当然ですが、腕のよいシェフを雇わないと」

ジゼルの頬に赤味がさしてきた。「そんなの簡単だわ。大勢の使用人を使うのには慣れてるから」

エルンストはケリーをいぶかしげに見ている。「きみはアメリカではいったいなにをしているんだね？　蛇の油のセールスでも？　ずいぶん安請けあいしているが」

「それは、必ずお客が来るという確信があるからですわ。わたしの経験から言っても、今言ったような休暇が手に入るのなら飛びつきますもの」

「他人を招いてティーパーティーやディナーをするだけでお客が殺到するとでも？」

「もちろんです。お城で開くパーティーで、しかも男爵夫妻が主催するのなら」ケリーはにっこり笑った。「それだけじゃないんです。エミーにチケットを手に入れてもらって、チャリティーパーティーのような催しに送りこみましょう。どう、できるでしょう？」ケリーはエミーの意見を尋ねた。

「もちろんよ。お金さえあれば大丈夫」

「そんなお金持ちのお客をどこから探してくるつもりだね？」エルンストが聞いた。

ジゼルはケリーがお客を集める方法を説明しているのも聞こえないかのように、せかせかと話に割って入った。「銀器も食器も二四人分しかないわ。それで足りるかしら？」

「十分です。一度に一二人以上のお客は受けないことにしますから。安売りするよりも、少し断るくらいのほうがいいと思います」

「本当にうまくいくんだね？」エルンストが尋ねた。

エミーがケリーに代わってその質問に答えた。「もちろんよ、お父さま。そうでなかったらスタブロスを追い返したりしないわ」

「少なくともそれだけはよかったよ。わたしはあの男がどうも好きになれなかったんだ」

「あら、結婚をけしかけたのはお父さまとお母さまよ！」エミーが悲鳴をあげた。

ロスタイン夫妻は顔を見あわせた。

「わたしたちには与えてあげられない経済力が、あの男にはあったから」ジゼルは静かに言葉を続けた。「世間は恐ろしいところよ。ひとりで生活をしたことのないあなたに、それがわかるはずもない。わたしたちのように将来の心配をして、ぎりぎりの生活をさせたくなかったの」

エミーの両親を誤解していた、とケリーは思った。娘に不似合いな縁談を押しつけていたんじゃなかったんだわ。自分たちが苦労したからこそ、娘だけは守ってやりたかったのだ。

「もう誰も将来の心配をしなくてすむのよ」エミーは輝くような笑みを浮かべた。「来年の今ごろは、お城は大にぎわいよ」

10

翌朝、ケリーを乗せて町へ帰る車のなかで、エミーが言った。「あなたは奇跡の人ね。母がやめようと言いだしたときはどうなるかと思ったわ」

「お母さまはどんなに生活が楽になるか想像がつかなかっただけなのよ」

「それでも母が一度決心したら、それを変えることはほとんど不可能なのに。この事業は貴族としての信念に反することばかりなのよ」

「パーティーが開けるじゃない」そう言ってケリーはにっこり笑った。「あなたのお母さまが美しいドレスを着て優雅なディナーパーティーを催している姿が目に浮かぶようだわ。さあ、今度はローンの審査を通らないといけないわ」

「あなたならできるわ」エミーは熱っぽく言った。

「そう言ってもらえるとうれしいわ。ホテルに戻ったら、さっそく面会の約束をとりつけるわね」

ケリーが自分の部屋で受話器を手にとろうとしたとき、電話が鳴った。クルトの声だ。

メッセージがたくさん置いてあったから、驚きはしなかった。

「ずっときみを捜していたんだよ」クルトは不満そうだ。「ぼくを避けているの？」

「そんなことはないわ。ちょっと遠くに出かけていたの」

「そんな予定があるなんて言っていなかったのに。いったいどこに行ったんだい？」

「観光によ」ケリーは質問攻めにあう前に話題を変えた。「今忙しいんだけど、なにかご用かしら？」

「ヘンリエッタの家のパーティー以来会っていないんだよ」クルトは恨めしげな声で言う。

「言ったでしょう。出かけていたの」ケリーはため息をついた。

「エーリックと？」

「どうしてエーリックにこだわるの？　わたしは彼には興味ありませんから。もう彼の名前は口にしないでちょうだい。これでいい？」ケリーはきっぱりと言った。

「ごめん。もう二度と彼の名前は出さない。約束する。やっとわかってくれてうれしいよ。女性に関してはあの男はまったく信用ならないんだ」

「もう口にしないんじゃなかったかしら？」ケリーは冷ややかに言い返した。「さようなら、クルト」

「おい、待って。切らないでくれ！　用があって電話をしたんだ。来週のオペラ舞踏会だけど、一緒に行ってくれると言ったよね？」

ケリーは覚えていなかった。「いったいどれだけパーティーがあるの？」

「たくさんあるけど、これは特に大事なパーティーなんだ。社交界の人たちはみんな出席するんだよ」

「慈善パーティーのときもそう言ってたわ」

「それはそうだけど、これは特に格式のあるパーティーで、チケットもなかなか手に入らないんだ」

「そんなに大変なパーティーなら、誰か別の人を誘ったほうが喜ばれるんじゃないかしら」ケリーは皮肉まじりに言った。

「こっけいに見えるかもしれないが、これがぼくたちの社会の伝統なんだよ」クルトは言いはった。

「ばかにしたつもりじゃないの」ケリーは少し後悔した。クルトにとってパーティーは重要な意味があるのだ。「正直言って、誰か別の人を連れていったほうがいいと思うわ。それまでに帰っているかどうかもわからないし」そんなに早くローンが認められることはないだろうが、なにが起こるかわからないもの。

「どこに行くんだい？」クルトはびっくりして聞いた。

「仕事でちょっとアメリカに帰ってこようと思うの」

「まさか、ずっと帰ってこないんじゃ？　戻ってくるんだろう？」

「今はなんとも言えないわ」

「行かないで、ケリー。ここで楽しく暮らせばいい」クルトは必死でとめようとした。「きみみたいにあっという間にとけこめる人は少ないんだよ。ヘンリエッタはきみのことがとても気に入っているし、ほかにもいろんな人に紹介してあげるから」

「みんなにとても親切にしてもらったわ。特にあなたには。でも、ずっとここにいるつもりはないの」

「どうして？　アメリカでなければないものなんてある？　きみを幸せにするためなら、ぼくはなんでもするよ」

「やめましょう。その話はもうすんでいるはずよ。わたしはまだ男性と深いおつきあいをする気はないの」

「今すぐでなくてもいいんだ。ぼくなら喜んで待つよ」

「どうしたらわかってもらえるの？」ケリーは困り果てた。「あなたを愛していないのよ、クルト」

「誰か別の男を愛しているのかい？」

ケリーは受話器をぎゅっと握りしめた。「いいえ」

「それならぼくにも望みがあるわけだ。たまに会ってくれればいいんだ。それでもだめ？　今夜一緒に食事をしよう」

「それは無理よ。仕事の話があって書類をまとめないといけないの」

「それじゃ明日の晩は？」

ケリーはなんと言って断ろうかあれこれ考えをめぐらせた。「それじゃ、こうしましょうか。今週いっぱい仕事をする代わりに、来週のパーティーには一緒に行くわ」

「でも、それじゃ一週間も先だよ」クルトはまだ不満そうだ。

「それ以上は無理だわ」

クルトはため息をついた。「わかったよ。無理ならしかたがない。その代わりがっかりさせないでくれよ」

「ええ、わかったわ。それじゃ、わたし、本当に行かないと」ケリーはきっぱりと言った。

クルトはケリーがあまりに無関心なので、すっかり気落ちしていた。お昼近くなってマグダから電話があっても、いっこうに気分はよくならない。

「もう一週間も電話をくれないじゃない」マグダが言った。

「ヘンリエッタのパーティーをめちゃくちゃにしておいて、電話をすると思っているのか」クルトは冷ややかな声で言った。

「それは誰のせい？」マグダの声が険しくなる。

「今さらなにを言うんだ？　きみはもう二度と招待されないだろうな」

「わたしは招待されたんじゃなくて、エーリックに連れていかれただけですもの」

「どうして行くなんて言ったんだ？　ぼくへのあてつけだとわかっていただろう？」

「そう、わかったわ！」マグダはついにかんしゃくを起こした。「自分はデートの約束を破って別の女性をヘンリエッタの家へ連れていっておきながら、わたしがエーリックと一緒に行ったのがいけないとでも言うの？」

「ケリーを連れてくるように頼まれて断れなかったんだ。ヘンリエッタは大事なパトロンだから。本当のことを言えばよかったんだが、きみがかんしゃくを起こすのはわかっていたから」

「ケリーに指輪なんかあげて、わたしはどういう態度をとればいいわけ？　もう三年もつきあっているのに、わたしにはくれなかったじゃない」

「偽物だと思っているんだろう。そんなのがどうしてほしいんだ？」クルトは嘲《あざけ》るように言った。

「本物じゃないのは知っていたけど、問題はそんなことじゃないでしょう。あなた、わたしがあなたのために書いてあげた小切手を覚えている？　それに、手数料を払ってもらえなくて怒っていたカーペットのディーラーのことは？」

「わかった、わかった。そりゃたまには現金が足りないときもあったさ。でも、なにも人前で恥をかかせることはないだろう」

「それじゃ、わたしはどうなるの？　あなたの事業がひとつでもうまくいったら結婚するはずだったのに」

「確かにそんな話はしたよ」クルトは認めた。「でも、はっきり決まってはいなかったんだ」

「わたしにとっては決まったも同然よ！　なぜずっと待っていたと思うの？」マグダは怒って問いつめた。

「きみが誤解したんだからしかたないだろう。そりゃ……親しかったこともあるけど、人の気持ちは変わるものだ」

「あなたには情というものがないのよ」マグダは苦々しげに言った。「あなたのために時間を無駄にしたわたしがばかだったわ。ただの便利な女だったのに、それがわからないなんて」

「マグダ、もうやめてくれ。こんなにののしりあわずに気持ちよく終わりにできないか？」

「まだ言いたいことをなにも言ってないわよ！　あなたときたら、とんでもないご都合主義者だわ。なぜわたしを捨てるか、その理由だってわかっているんだから。でも、ケリーが結婚してくれると思ったら大間違い。彼女はエーリックに夢中よ。あなたには勝ちめはないわ」

「きみはなんにも知らないんだな。ケリーはたった今、エーリックには興味がないと言ったんだよ。彼の話はしたくもないってさ」クルトは勝ち誇ったように言った。

「けんかでもしたんでしょう。それに宝くじだって怪しいものだわ。そう言ってお金持ちの仲間入りをするなんて、うまいと思わない？」

「ばかなことを言うな！　メトロポール・グランド・ホテルに泊まるのにいくらかかると思っているんだ。それにあの服を見ろ。一流デザイナーのものばかりだ」

「だからって、エーリックとの結婚に飛びつかない理由にはならないわ。彼の財産に比べたら、ケリーのなんておこづかい程度ですもの。その上公爵夫人になれるのよ。あなたがやきもきしても無駄よ」

「そうかい。でも、もしケリーがエーリックに夢中なら、どうしてオペラ舞踏会にぼくと一緒に行くんだ？」

「あなた、舞踏会にケリーを連れていくの？」マグダの声がこわばった。

「ああ」

「一カ月前には、わたしに行こうって言ったのに！」

「今のような状態では、とても連れていけそうにないね」

「あなたという人は」マグダはかんかんだ。「結婚をにおわせておいて、利用しただけなのね。困ったときに助けてあげたことも一度や二度じゃないわ。それなのに、わたしより条件のいい女性が現れたら、ぽいっと捨てるなんて。そんなことはさせないから」

「ケリーにぼくの悪口を吹きこんでも、なんの効果もないぞ。きみがやきもちやきでしつこいのはよくわかっているから、なにを言っても信じないよ」

「どうかしらね。びっくりするようなことが起こるかも」

「もう話しても無駄だ。こんな終わり方をして残念だよ」

「きっとひどく後悔するわよ！」マグダは受話器をたたきつけた。


ケリーはうれしそうに瞳を輝かせて銀行の前の石段をあがっていった。腕に抱えたブリーフケースのなかには、念入りに計算してつくりあげた書類が入っている。それに服も用件にふさわしくグレーのスーツと白いブラウスを選び、化粧もなるべく控えめにしていた。

きれいに磨かれた机の向こう側から、ハンス・ビーラントはケリーに座るように言った。いつも男性から向けられる熱いまなざしが感じられない。それが彼女にはうれしかった。能力を評価してほしかったから。

ビーラントはケリーが計画の概要を説明するのをじっと聞いていた。彼の手には彼女が渡した書類が握られている。

「これが概要です」ケリーは不安になってきた。相手の男性がなにも言わないのが気になるが、これが彼のやり方なのかもしれない。「どう思います？」

「率直に言わせてもらいますとね、ミス・マコーミック、あまり感心しませんね。郊外に行けば崩れかけたお城がたくさんありますが、全部担保に入っているんですよ。その上にまた多額のお金を注ぎこむのは、健全な事業とは言えませんな」

「でも、どうやって収益をあげて借金を返すか、今ご説明しましたわ」

「それは希望的観測です」

「違います！　この数字を見てください。最初の一年で収支がつりあって、その後は黒字になるんですよ」

「もし満室になれば、です」

「一度に一二人以上の泊まり客は受けませんから、それくらい集めるのは簡単ですわ」

「さあ、それはあてにはなりませんよ」ビーラントは冷ややかに言った。

「ミスター・ビーラント、これは素人考えのいい加減な計画とは違うんです。わたしの経歴を見ていただいたでしょう。銀行で貸付係として働いていました。そのわたしが慎重につくりあげた事業計画です。健全に決まってますわ」

「では、お尋ねしますが、あなたの国の銀行はローンを組んでくれないんですか？」

「こういうローンは無理でしょうね」ケリーは絶望的になってきた。「改装さえ終われば、観光客が群がってきますよ。なかなか有利な投資だと思いますけど」

「宿泊の予約をとってきてくれれば、考え直してもいいですよ」

「商品がいつできるか保証もできないのに売ることはできません！」ケリーは声をはりあげた。「わたしも大事な預金をわけのわからない計画に投資するような危険なまねはできないんですよ」

ケリーは歴史的な建物を改装することのPR効果や、その場合には資産価値があがることなど、考えつく限り言葉をつくして説得しようとした。

が、ビーラントはこう言っただけだった。「泊まり客を連れてきてくれたら、また話しあいましょう」

銀行の近くのコーヒーショップで、エミーが待っていた。ケリーがことの次第を話すうちに、エミーが力を落としていくのがわかる。

「その人の言うように予約をとることはできるのかしら？」エミーは言った。

「危険だわ。法律違反になるかもしれないもの。ビーラントはお客を連れてきたらお金を貸すとは言っていないのよ。話をしてもいいと言っただけなんですもの」

「正真正銘の予約を見せたら考え直してくれるでしょう」

「でも、もし改装が間に合わなかったら？　最悪の場合訴えられることだってあるわ。少なくとも払い戻しはしないと」

「どうする?」エミーは心配そうにケリーを見た。「始める前から負けだなんて言わないでね」

「もちろんよ!」ケリーは力強く答えた。「銀行はまだほかにもあるわ」

「答えがみな同じだったら?」

「全部が全部そんな融通のきかない銀行ばかりじゃないでしょう。ひとつくらいわたしたちの計画をわかってくれるはずよ」

ケリーはすっかり気落ちしてホテルのロビーを歩いていた。エミーに言ったことは本当だ。もっと理解のある銀行がたくさんあるはずだ。最初からホームランを期待するほうが甘かったのだ。

ぼんやりと歩いているケリーの目の前に、エーリックが小脇《こわき》にはさんでいた新聞をとりだしながら飛びだしてきた。

「あっ、ごめんなさい」ケリーはあわてて立ちどまり、相手を見あげた。「よく見ていな……」その先は言葉にならなかった。

「ぼくが悪いんだ。よく見ていなかったから」エーリックは答えた。

ケリーは言葉もなく彼を見つめた。ひと目エーリックを見ただけで、こんなに胸がどきどきするなんて。胸の鼓動が彼に聞こえたらどうしよう。エーリックはどうしようもないほどハンサムで……手の届かない存在なのに。本当にあの力強い唇がこの唇に重なり、愛の言葉を情熱的にささやいたのかしら?

ケリーは彼から視線をそらして言った。「こんなところで会うとは思わなかったわ」

「ちょっと人と会う約束をしていてね」エーリックは彼女の顔を探るように見た。「疲れているみたいだ」そう言って片手をあげ、頬にふれようとしたが、急に気が変わったのか横におろした。

「今日は忙しかったの」

「どうかしたのかい?」

「いいえ、別に」ケリーは無理に笑顔を作った。「一日買い物に歩いて疲れたの。お金を使うのって大変だわ」

エーリックはあいまいな笑みを返した。「お金を使うのがだいぶ上手になったようだね。うれしいよ」

「あなたにはいろいろ教わったわ」

「きみには歓迎されないことばかりだったけどね」

ケリーは泣きたい気分だった。皮肉のつもりじゃなかったのに、ふたりのあいだではなにを言ってもけんかになってしまう。

「なにもかも悪いなんて言ってないわ」彼女は低い声で言った。

エーリックの表情が和らいだ。「一緒にいて楽しかったじゃないか。そうだろう?」

「ええ。決して忘れないわ」ケリーはつぶやいた。

「いったいなにがあったんだ、ケリー? あんなに幸せだったのに」

「わたしたち、夢を見ていたのよ」ケリーは懐かしむように言った。「とにかく、わたしはそうだったの。でも現実はそう単純じゃないわ」

「現実ってどんな? ふたりの関係はなにも変わっていないじゃないか」

「誰かとあなたを分けあうなんて、わたしにはできないってこと」

「きみ以外に女性がいると本当に思っているのかい?」そのセクシーな声がケリーの心を揺さぶる。

エーリックの魅力の前では、彼女は自分を支えるのがやっとだった。彼がこんなに近くにいると思うと、なにもかも許してその胸に飛びこみたくなってしまう。

「でも、これまでにもたくさんいたみたいじゃない」

「そりゃ大げさじゃないか?」

「さあ、どうかしら」ケリーは探るようなまなざしを彼に向けた。「エリザベスのことだって、なにも言っていなかったじゃない。ほかにたくさん女性がいたって、わたしにはわからないし」

「あのパーティーできみに出会ってからは、きみひとりだけだ。ぼくはずっときみを待っていたんだよ」

「その言葉を信じたいけど」ケリーは小声で言った。

「信じてくれ。誓うよ」

ケリーの胸に喜びがこみあげてきた。エーリックに愛情のこもった目で見つめられると、足ががくがく震えてくる。俳優でもこんなに上手に演技はできないわ。きっとなにか思い違いをしていたのよ。〝ごめんなさい〟と喉まで出かかったとき、セクシーな赤毛の女性ががかん高い声で彼の名を呼んだ。

「まあ、エーリック!」その女性は走り寄ってきて彼にキスをした。「またお会いできるなんて、すばらしいわ」彼女の言葉にはイギリスなまりがある。「お久しぶりね」

エーリックのおろおろした顔は本当におかしかったが、ケリーは笑う気分にもなれなかった。

「こちらはレディー・ジェーン・ヘスキス」エーリックが抑揚のない声で紹介した。

ケリーはそれには答えもせずにくってかかった。「女性に会うならどこか別の場所にできないの?」

「これは違うんだ」

「どこが? これでもあなたが女たらしじゃないって信じろって言うの?」

エーリックの顔がぴくっと引きつった。「きみは事実を知ろうともしないですぐに決めつける」

「まあ、それじゃ、わたしが悪いって言うのね！」ケリーの頭に血がのぼってきた。「さようなら、エーリック。いい勉強になったわ。今度狼《おおかみ》に会ったときはだまされないわ」

赤毛の女性はすたすた歩いていくケリーを見送った。「まあ、いったいどうしたの？なにか誤解していないといいけれど」

エーリックは憂いを帯びた目をして言った。「彼女はぼくをぜんぜん理解しようとしないんですよ」

「まあ、もったいないこと」ジェーンはなにもなかったように彼を振り返った。「こんなところでお会いするなんて運がいいわ。ところで今日の夜、あいていらっしゃる？」彼女は期待をこめて聞いた。「今夜ケイテルに会うんだけど、あなたも来てくださったらみんな喜ぶわ。覚えていらっしゃるわよね。あのリゾートでお会いしましたもの」

エーリックは彼女の話がとぎれるのを待って口を開いた。「すみませんが、今夜は忙しいんですよ。でもお会いできてよかった、ジェーン」

「わたしは今週いっぱいここにいますから」

「それならまたお会いできるかもしれませんね」エーリックは如才なく言った。「それじゃ」

エーリックはリビングルームのソファに寝転がって窓の外をぼうっと見ていた。日もとっぷり暮れていたが、電気をつける気にもなれない。電話が鳴っていたが、とろうともしなかった。呼びだし音が何回か鳴って留守番電話のメッセージが流れたあと、ヘンリエッタの声が聞こえてきた。

「いったいいつ家にいるの?」ヘンリエッタが電話の向こうでくすくす笑っている。「まあ、いる理由もないかしら? お電話をください。タウンハウスにいます」

エーリックは受話器をとった。「いるよ、ヘンリエッタ」

「お邪魔だったかしら? なんだか気のない返事ね。ベッドにいたなんて言わないでね」

「そんなんじゃないよ」彼は少しいらだたしげに言った。「なにか用?」

「オペラ舞踏会のことで電話をしたの」

「もうそんな時期か」

「毎年同じことを言うのね」ヘンリエッタは落ち着き払って答えた。「わたしのテーブルに座ってもらいたいと思うんだけど」

「ぼくは行かないよ」エーリックはきっぱり断った。「今度はなんと言われようと気は変わらないから」

「そうかりかりしないで、エーリック。知的でお話の楽しい人でテーブルを埋めたいのよ」

「ハインリッヒに言ってくれよ」

「もちろん言ったわよ！　ローマ法王に頼むほうがよっぽど見こみがあるわ」

「それじゃ法王に言うんだね」

「それが古い友だちに言うこと？　ケリーも来るのに」ヘンリエッタは巧みにケリーの名前を出した。

エーリックのからだがこわばった。「クルトと一緒に？」

「クルトはそう言っていたわ。ケリーはいったいなにを考えているのか……。やっとあなたとうまくいったと思っていたのに、どうしてまたクルトなんかと？」

「あいつのほうが信用できるんだろう」

「まあ、冗談にもほどがあるわ！　クルトは負け犬よ。アンティークの知識だけは豊富だけど、生活力がないもの」

「さあ、どうかな」エーリックはそっけなく言った。

「あなたたち、けんかでもしたんでしょう。ふたりとも意地をはってばかみたい」

「ばかなのはケリーだよ。クルトの正体も見ぬけないなんて」エーリックはつぶやいた。

「それじゃ家でふてくされてなさい。クルトにチャンスを譲ってね」

「ぼくはきみのためを思っているんだよ。同じテーブルにぼくたち三人が座ったらどうなるか、わかるだろう？」

ヘンリエッタは笑った。「退屈な晩に活気が出るわ。あなたとケリーのあいだになにがあったのか知らないけれど、仲直りするべきよ。彼女がクルトを愛していないのははっきりしているもの」

「クルトが問題なら簡単だよ」

「それじゃ、なにが問題なの？　あなたたち、お互いに夢中なのに」

「信頼がなかったら愛情は成りたたないんだよ」エーリックは沈んだ声で言った。

「どうしてケリーはあなたを信じないの？　あなたはひどいことをするような人じゃないわ」

「ケリーはぼくがベッドルームに女性を隠していると思っているんだ」

「それはケリーが勝手に想像しているだけ？」ヘンリエッタは疑うようにきいた。「疑う理由があったんじゃない？」

エーリックはくしゃくしゃの髪を指でかきむしった。「全部誤解なんだ」

「そう、だんだんわかってきたわ。心配する理由があるのね？」

「いや！　きいてくれたらちゃんと説明したさ。でも、ケリーはひとりで勝手に話をでっちあげて怒りだしたんだ。翌朝電話をしたら、なにもかもぼくが悪いと言わんばかりだった」

「それでも釈明しなかったのね？」

「ぼくも腹がたっていたから。してもいないことをどうして弁解しないといけないんだい？」

「ケリーともう二度と会えなくてもいいなら、する必要はないわ」彼が大きく息を吸うのが聞こえる。ヘンリエッタは先を続けた。「ケリーがどういうつもりか知らないけれど、いつまでもここにはいないと思うの。あんなに仲がよかったのに気まずいまま別れるのはいけないわ」

「きみの計画はお見通しだよ、ヘンリエッタ。でも、口をきいてくれないのはケリーのほうだ。今日ももめたんだ。ぼくがなにを言っても、彼女は聞く耳を持たないだろうな」

ヘンリエッタはいらだちを隠して言った。「それは残念だわ。それでも舞踏会にはいらっしゃい。そのころにはふたりとも気が静まっているでしょう。ロマンスが終わるのはしかたのないことでもあるけど、いつでも話せる関係でいるのが大人よ」

「ケリーがなんと言うかな」

「彼女は大丈夫よ」

「ぼくは自信がないな」

「それはあなた次第よ」ヘンリエッタはため息をついた。「わたしはふたりとも大好きなの。うまくいってほしかったのに」

「ぼくもだよ」そうつぶやくと、エーリックは電話を切った。

エーリックにこれ見よがしにガールフレンドを見せつけられてからというもの、ケリーには悪いことばかりが起こった。

毎日銀行回りをしても結果は同じだった。感じのよい担当者も無愛想な者もいたが、答えはどこも同じだ。誰も資金を貸してくれなかった。

エミーのためを思って自信のあるふりをしていたけれど、本当にそれがエミーのためになるのか、ケリーは不安になってきた。エミーを永久に現実から守ってあげることはできないし、今のところ先行きは決して明るくない。

「少し元気を出して」また断られたケリーを、エミーが慰めた。「やせたみたいよ。それに、目のまわりにもくまができているし」

「よく眠れなくて」そう言ってケリーはため息をついた。「ベッドのなかで、どう言ったらお金が借りられるか考えているとね」

「からだを壊したら元も子もないわ」

「あなたにはわからないでしょうけど、もう打つ手がないのよ。明日一件回ったら、それで終わり。そこでも断られたらどうしたらいいのか……」

「なんとかなるわよ。いつだってそうじゃない」エミーは落ち着き払って言った。

「あなたにどうやって償ったらいい?」ケリーはつらそうに言った。「現実の社会では、思いどおりにいかないこともあるのね」

「石頭の銀行家がどんなに大勢いようと、たったひとりが理解してくれればいいのよ。明日にもその人が現れるかもしれないわ」

「で、もし現れなかったら？」

「どうして先回りして心配するの？　今夜はおしゃれして踊りに行きましょう。あなたはエーリックに電話して。わたしはナイルズを誘うから」

「エミー、あなたの気持ちはうれしいけど、わたし、エーリックとはもう……つきあっていないの」

「いったいいつから？」

「そんなこと、もうどうでもいいわ。とにかく、ナイルズとふたりで楽しんできて。わたしのことなら心配いらないから」

エミーはそれでも心配そうだ。「なんでけんかをしたのかわからないけど、誤解がもとで友だちを失うのはつまらないわ。電話をかけて、よく話しあってみたら？　電話をしたら、彼、きっと喜ぶわ」

「電話なら向こうからもかけられるわ」ケリーは言い返した。「それに、エーリックはわたしの電話なんて待っていないわ。たくさんの女性とつきあうのに忙しそうだもの。それじゃ、また明日ね」そう言うと、彼女はハンドバッグを持って立ちあがった。

エミーはなんのためらいもなくエーリックに電話をした。ケリーが彼を愛しているのは間違いない。彼のほうがどう思っているかはわからないけれど。エーリックはこれまでも美女たちと深入りせずにつきあっていた。でも、もしケリーが例外だったら？　ふたりが人生を誤るのを黙って見てはいられないわ。

「どうしてる、エミー？」エーリックは愛想よく言った。

「あんまり元気じゃないわ」

「どうしたんだい？」

「ご存じかどうか知らないけど、わたし、ケリーと一緒に新しい事業を始めようと思うの」

「ああ、ケリーもそう言っていたよ」

「すばらしいアイデアなのに、お金が借りられないのよ」

「それは困ったな」

「ええ、がっかりだわ。ケリーが銀行を回ってくれているんだけど、どこにも相手にされなくてすっかり落ちこんでいるのよ」

「誰だって断られたらそうだろう」エーリックの声からはなんの感情も感じられない。

「彼女、疲れきっているみたい。それで電話をしたの。今夜ケリーを踊りに連れていって、なにもかも忘れさせてあげてほしいんだけど」

「きみは情報にうといようだね」エーリックは皮肉っぽい口調で言った。「なにがあろうと、ケリーはぼくと一緒には行かないだろうな」

「けんかでもしたの?」エミーはわざと驚いたふりをした。

「第三次世界大戦みたいさ」彼は沈んだ声で答えた。

「あら、大げさね。怒ったときには思ってもいないことを言うものよ。ねえ、電話をしてみてくれない? あなたから電話があったら、ケリーはきっと喜ぶわ」

「きみはなにもわかっていないんだよ」エーリックはつっけんどんに言った。「ケリーの気持ちははっきりわかったんだ。それを受け入れるしかないだろう。ぼくたちはもう終わったんだよ」

これ以上は言っても無駄だろうが、エミーは最後にもうひと押ししてみることにした。

「ケリーは今、友だちが必要なのよ。会っても彼女とわからないくらいよ。すっかり自信を失ってしまったんだから」

「すぐにもとに戻るさ」エーリックはそっけなく答えた。

電話を切ったあと、彼はしばらくぼんやりと電話を見つめていたが、やがて受話器をとりあげた。

11

机から顔をあげたハンス・ビーラントは、部屋に入ってきた秘書を見て顔をしかめた。

「邪魔しないように言っておいたのに」

「ええ、わかっていますが……」

「きみはぼくの指示にしたがっていればいいんだ、ミス・シュペングラー」

秘書は唇を真一文字に引き結んだ。「わかりました。では今忙しいのでお話しできない、とグライル・ウント・タスブルク公爵に伝えますわ」

「待て！　すぐにつないでくれ」受話器をとると、銀行家の顔に笑みが広がった。「これはこれは、光栄でございます。なにかご用で？」話を聞いているうちに彼の顔から笑みが消えていく。「わたしといたしましては、それはちょっと……」

「きみの意見を聞いているんじゃないんだ」エーリックはビーラントを制してきっぱりと言った。「これはぼくからの指示だ」

「わたしの義務としてお聞きいただきたいのですが、銀行としてはそのような危険な投資は引き受けかねます」

「銀行の方針はどうでもいい」エーリックは有無を言わさない口調で言った。「今すぐに書類を用意してくれ。貸付までなにも問題が起こらないように」

「なんでもおっしゃるとおりにいたします」

「それから、ぼくはいっさいこの件には関係していない。いいな？　ぼくとは面識もないことにしてくれ」

「承知いたしました」


ケリーは喜び勇んでエミーに電話をした。「今誰から電話があったと思う？」

「ケリー？」エミーはあくびをしながら答えた。「今何時？」

「そんなことどうでもいいの。大ニュースよ！」

「コーヒーを飲んでから電話をかけ直してもいい？　昨日の晩は遅かったの。あなたも一緒に来ればよかったのに……」

「それはいいから」ケリーは待ちきれずに先を続けた。「融資を受けられるの！」

エミーはベッドの上に起きあがった。「本当に？　どうして……いつ？　約束は今日の午後じゃなかった？」

「そうじゃないの。ハンス・ビーラントからたった今電話があったの。最初に会った人よ。

いばりくさった人だって言ったの、覚えてない？　今日は別人みたいだったんだから」

「どうして気が変わったのかしら？」

「さあ、わからないわ。でもどうだっていいじゃない。とにかく融資を受けられるんですもの！」

「素敵！　で、実際にお金がおりるまでどれくらいかかるの？」

「それが意外なの。普通は書類の手続きに最低二週間はかかるものなのに、ビーラントは今日すぐにでも書類にサインしに来てくれって」

「話がうますぎるみたい」エミーが言った。

「いつかきっとうまくいくって言っていたのはあなたじゃない。きっとあなたの守護神が願いを聞いてくれたんだわ。さあ、着替えて。することが山ほどあるわ」


それからは週末まで、仕事に追われるように過ごした。改築業者を雇い、契約書にサインして、いろいろ細かいことを決めた。一日何時間あっても足りないくらいだった。疲れきったケリーは、ホテルに帰るとすぐにシャワーを浴びてベッドにもぐりこむ毎日が続いた。夕食をとる時間も惜しいくらいだ。それでもやりがいのある仕事だった。エーリックのこともしばらく思いださなくてすむ。少なくとも目の覚めているあいだは。

だが、夜はそういかなかった。夢に現れた彼が腕をのばして、ハンサムな顔ににっこり笑みを浮かべて近づいてくるのだ。ケリーはその腕に飛びこんで、心ゆくまで唇を重ねる……。

見る夢はどれも似ていた。ときにはエーリックがベッドまで抱いていってくれることもあるし、カーペットの上で一枚ずつ服を脱がせあうこともある。でもクライマックスはいつも同じだ。情熱的に愛しあい、ひとつになったからだを震わせながら絶頂を迎えるのだ。朝、目が覚めると、満たされない欲望でからだがうずいた。夢を見るのが怖くもあり、待ちこがれてもいる。エーリックに会えるのは夢のなかだけだから。

ある晩バスルームから出ると、クルトから電話があった。

「毎日どこに行っているの？」彼は尋ねた。「朝早くにかけてもいないし、夕方もだめ。いつもいないんだから」

「することがたくさんあるんですもの」クルトにはプロジェクトのことは話していなかった。彼は直接自分に関係のないことには興味を示さないのだ。「ほんの少し前に帰ってきたばかりなの」

「ああ、知っている。ずっと電話をしていたんだから」

「なにか用でも？」ケリーはあくびをかみ殺した。

「オペラ舞踏会のこと、覚えているよね。八時に迎えに行くから」

「まさか今夜じゃ？」ケリーはびっくりして声をはりあげた。

「いいや、明日の晩だよ。忘れてたのかい？」クルトは責めるように言った。

「わたし、今、頭がいっぱいで」ケリーはすまなそうに謝った。

「ぼくは一週間も前からこのデートを楽しみにしていたのに、覚えてもいないなんて」

「そんな、覚えていたわ」そう言ってケリーはごまかした。「ちょっと勘違いをしただけ」

「そうか、それならしかたないか」クルトは少し機嫌を直したようだ。「傷ついたな。ぼくがきみのことをどう思っているか知っているはずだろう？」

「ええ」ケリーはため息をついた。「今その話をしないといけない？　今日は一日忙しくて疲れているの」

「それならゆっくり休んで。明日はにぎやかだぞ」

「それだけ？」ケリーは皮肉をこめて聞いた。

「このパーティーは特別なんだ。きみも行ってみればわかるよ」

翌朝、ケリーはそのパーティーのことをエミーに打ちあけた。「あなたも行くの、エミー？」

「わたしは行かないと。ヘンリエッタが慈善活動で賞をもらうの。あなたは？」

「クルトに誘われたわ」

「そう、よかったわ。それじゃヘンリエッタのテーブルね？」

「ええ、クルトもそう言っていたわ」そう言ってケリーは口ごもった。「ほかに……その……誰が一緒かしら?」

「そうね、八人がけのテーブルにあなたとクルト、ナイルズとわたし、それからヘンリエッタ。これで五人……もしヘンリエッタが誰か呼んでいれば六人でしょう。あとふたりはたぶん委員会の役員だと思うわ」

「エーリックはヘンリエッタといろいろな委員会で一緒だったわよね?」ケリーは聞いた。

「エーリックはこういうパーティーも賞も嫌いなんですって。今夜は来ないんじゃないかしら、残念だけど」

「どうして? かえってうれしいわ。エーリックとクルトがまたけんかするんじゃないかと心配しなくてすむもの。どっちが悪いのか知らないけど、ふたりとももうたくさん」

「あなたがそう思うのも無理ないわ」エミーは如才なく言った。「また新しい出会いがあるわよ」

「今は興味ないわ。もう少しでここを出ていくつもりだから」

「もう? 仕事が始まったばかりなのに」

「ここはあなたひとりで大丈夫。わたしはアメリカに帰ってお客さまを集めなきゃ」

「いつ帰ってくるの?」

「わからないわ」

まずはこのプロジェクトを軌道にのせることだ。そのころにはエーリックと会っても平気でいられるようになるかもしれない。胸の痛みもそのうちきっと和らぐだろうし。

ケリーはクルトとの最初のデート用に買ったドレスを着るつもりだった。もうずいぶん昔のような気がする。あのころは夢見る少女のように目をきらきら輝かせていた。夢が全部かない、シンデレラは舞踏会に行って、王子さまよりハンサムな公爵に出会ったのだ。香水の残り香が、あの夜エーリックの腕のなかでワルツを踊り、野性的な顔を見あげていたときの鮮烈な思い出をよみがえらせる。が、不意にケリーは乱暴にドレスをクローゼットに戻した。その拍子に、隣にかかっていた服が滑り落ちる。

ケリーはかがんで銀のビーズを縫いつけたドレスをとりあげた。ブダペストでエーリックが買ってくれたものだ。着る機会がなかったわ。彼女はうつろな心で、幸せなあのころの自分を思いだした。

送り返すべきかしら？　でも、そんなことをして、また会うきっかけをつくろうとしていると思われたら？　たかがドレスじゃない。今夜クルトと出かけるときに着てしまおう。そうしたら、なんとも思っていない証拠になるもの。

クルトの反応は大げさすぎるほどだった。「すばらしい！」彼は隅々までじっくりと観察している。「素敵なドレスだね。買ったの？」

ケリーは少しためらってから答えた。「ええ」

クルトの視線はラメ入りのストッキングに包まれた長い足から、これもエーリックが選んでくれた銀色のハイヒールのサンダルへと移っていく。

出口に向かうケリーを後ろから眺めたクルトは、また感心したように声をあげた。「さっきは背中が見えなかったけど、本当にきれいだ！」

ケリーはこの服を選んだのを後悔していた。クルトがほめるたびに胸をナイフでえぐられるようだ。「大げさね。ただのドレスよ」

「どんなにきれいか言っただけなのに」クルトはすねたように言った。「ぼくがなにをしても、きみは気に入らないんだな」

ケリーはため息をついた。我慢してクルトにつきあうのもこれで最後だわ。「ごめんなさい。今夜はちょっといらいらしているみたい」

「シャンペンを一杯飲めば気分がよくなるさ」

「大瓶二本ぐらいいるんじゃないかしら？」ケリーはおかしくもないのにほほえんだ。

このパーティーのどこがどう特別なのかケリーにはわからなかった。ヘンリエッタとまた会えたのはうれしかったけれど。

「今日は表彰されるんですってね。ハインリッヒもいらっしゃるんじゃないかと思っていたんですけど」ケリーはヘンリエッタの隣の席を指さした。

「ハインリッヒは趣味に合わないことはしないの。でもその代わりに、黄色いバラにわたしの名前をつけてくれるんですって」

ケリーはにっこり笑った。「そのほうがずっとあとまで残りますわ」

「それはそうだけど、今夜は来てほしかったわ。わたしが若い男性と炎のような恋に落ちても、彼には責められないわ」

想像するだけでケリーは思わず吹きだした。「もしそういう男性を見つけたら、そのお友だちをわたしに紹介してくださいね」

ヘンリエッタはケリーの美しい顔をまじまじと見た。ケリーは紫のアイシャドーをつけ、まつげをマスカラでより長く見せている。黒いつややかな髪は肩にふれるくらいの長さで、繊細な面だちと美しい肌を引きたたせていた。

「あなたならわたしの助けがなくても男性を見つけられるわ」ヘンリエッタは言った。

「わたしはハインリッヒみたいな男性を探しているんですけど、いい方はもう結婚していますわ」ケリーは軽く受け流した。

「もしかしたら、出会っているのに気づかないのかも」ヘンリエッタははっきりと言った。

「知らないふりもできるけど、正直に言ったほうがいいかと思って……エーリックとなにがあったの？」

ケリーは身をかたくした。「どういう意味です？　エーリックとはただの知りあいです」

「まあ、そんな！　あなたたちはお互いに夢中じゃないの。誰でもそれぐらいわかるわ。なんでけんかをしたのか知らないけど、彼を手放したらいけないわ」

「彼がひとりの女性で満足できると思います？」ケリーは尋ねた。

「まあ、手厳しいのね！　エーリックはどんな女性でも自分のものにできる人よ。それでも彼はあなたのあとを追い回しているのよ」

「それは違います」ケリーは苦々しげに言った。「彼が少なくともふたりの女性とつきあっているのを知ってしまったんです」

ヘンリエッタは眉をひそめた。「それは間違いでしょう。エーリックはあなたがなにか誤解をしていると言っていたけど。もっと彼を信じてあげないと」

「彼が話したんですか？」ケリーは腹がたってきた。「ひどいわ！　ずいぶんな目にあったけど、こんなの最低。絶対許さないから！」そう言うと彼女は椅子を引き、席を立った。

エミーは不思議そうにヘンリエッタを見た。「ケリーはどうしたの？　怒っているみたいよ」

「わたしがいけないの」ヘンリエッタはため息をついた。「人のことに首をつっこむとろくなことにならないのを忘れていたわ。友だちをなくすわね」

ケリーは少し落ち着きをとり戻して化粧室から戻ってくると、クルトとも楽しそうなふりをして踊った。それを真に受けた彼もうれしそうだ。

「このなかできみが一番きれいだ」クルトはケリーをぐっと引き寄せてささやいた。

「さあ、どうかしら。そう言ってくれるのはあなたが親切だからよ」ケリーは少しからだを離そうとしたが、クルトはそれを制した。

「ぼくは親切だと思われるだけじゃ物足りない」彼はかすれた声で言った。「ぼくの言っていることがわかるだろう？　男爵夫人になって人生をともにしてほしいんだ」

「それはできないわ」

「どうして？　ここの生活は楽しいぞ」

「どうしたらわかってもらえるの？」ケリーは困りきって言った。「あなたは素敵な男性だけど、わたしは愛していないの。これからも愛せないわ」

「ぼくにチャンスも与えてくれないじゃないか。きっとうまくいく。ぼくにはわかるんだ。今度城を見に行こう。ヘンリエッタのところは楽しかっただろう？　あんな暮らしができるんだよ」

わたしがお金を出せばね、とケリーは冷ややかに心のなかでつぶやいた。「考えさせて」議論しても無駄だと思って、彼女は言った。

「ああ、もちろんだよ」クルトは腕に彼女を抱き寄せて、その額にキスをした。

ケリーは嫌悪感で身震いしそうになるのをこらえて、テーブルに目をやった。「ヘンリエッタをダンスに誘わないと」

「そうだな」クルトは義務と愛情とどちらをとろうか迷っているようだ。「それじゃ、話はまたあとで」そう言うと彼はケリーをテーブルまで連れて戻り、ヘンリエッタの手をとってフロアに出ていった。

ケリーはただ気を使っただけではなかった。先程のヘンリエッタとの話やクルトのしつこさに、うんざりしていたのだ。踊っている人たちを眺めていると、ここに来て初めてほっとしたような気がする。だが、聞き覚えのある声に、再び心の平和は破られた。

「またクルトに放《ほう》りだされたのかい?」見あげると、エーリックが立っていた。仕立てのよいタキシードに身を包みながらも、野性的な魅力を漂わせている。「最初に会った夜もこうだったね。あの男は頭がどうかしているな」

「クルトはヘンリエッタと踊っているわ」ケリーはそれだけ答えるのがやっとだった。

「それじゃ、ぼくがきみと踊ってもかまわないわけだ」

ケリーは断ろうとしたが、その前に彼が手をとり、立ちあがらせた。何度も見た夢のようだ。彼女はいつの間にかエーリックの腕のなかに入り、そのがっしりしたからだにぴったり寄りそっていた。

そのまましばらく、彼の腕のなかにいる感触をケリーは楽しんでいた。アフターシェイブローションの男性的な香りが鼻をくすぐる。

「きれいだよ」エーリックが彼女のむきだしの肌に指を這《は》わせながら言った。「このドレスを着るチャンスはなかったな」

「送り返そうかと思ったのよ」

「どうしてそうしなかったんだい?」

「誰かほかの人にあげるかもしれないでしょう」

「本当にそんなことをすると思う?」

ケリーはすぐに後悔した。「いいえ、ごめんなさい。どうしてこんなことを言ったのかしら」

「きっとそう思っているからだろう」エーリックは真剣な顔をしている。「きみはぼくを信じていないんだ」

「もしそれが本当だとしても、なぜだか理由はわかっているわよね」

「いや、わからない」彼は頑として言いはった。

「エリザベスとなんでもないとは言わせないわ。あなたの家の鍵《かぎ》を持っているし、あの晩も一緒だったんでしょう」

「同じ屋根の下で過ごしただけだ」エーリックは言い返した。

「エリザベスはそれだけじゃないとほのめかしていたけど」

「あの子がなんと言おうと関係ない。問題はきみが信じるかどうかだ」

「どうして？　あの子はあなたに夢中だわ。はしかみたいなものだと言うけど、もう子供じゃないし、あなただってうれしそうだったじゃない。男の子と出かけると言ったらやきもちをやいちゃって……」

エーリックはケリーをフロアの端のほうに巧みにリードしていった。そして彼女の手をとり、ガラス戸からテラスへ出た。そこならふたりきりで話ができる。

正面からケリーと向きあうと、彼は落ち着いた声で言った。「きみの言いたいことはそれだけ？」

「まだ足りないの？」

「それじゃ、エリザベスのことを話すからよく聞いてほしい。エリザベスはぼくの名づけ子だ。あの子の両親はぼくの大の親友だったが、三年前、一六歳のエリザベスをたったひとり残してスキーの事故で亡くなった。それでぼくが親代わりをすることになったのさ。両親の意思どおりにスイスの学校にも入れた。でも、あの子の家はぼくのところだ。だからいつでも好きなときに来て、好きなときに出ていくんだよ」

ケリーにもやっと少しずつ事情がわかってきた。「それで鍵を」

「そうだ。両親が生きていたときのような、愛情のある環境を与えてやりたかった。ぼくが両親を亡くしたときはもう少し年上だったけど、あの子の寂しく心細い気持ちがわかるから」

ケリーは説明を聞いてほっとした。それでもまだ気になることがある。「でも、エリザベスはもう子供じゃないわ。一九歳よ。それに、なかなかませているわ」

「きみが怒ったあとエリザベスによく話を聞いたよ。じっくり話しあって、ぼくの気持ちもこれからのこともわかってもらった。もう二度とぼくとベッドをともにしたなんてことは言わせない」

「エリザベスは今どこに?」

「スイスの学校に送り返した」

ケリーは少し黙っていたが、やがて口を開いた。「わたし、なんだかばかみたい。まあ、あれを見たら誰でも同じことを考えるでしょうけど」彼女は言いわけめいた口調で言った。

「きみみたいにぼくをよく知っているはずの人間はそうは思わないし、思うはずないだろう?」

「それは無理よ。だって、エリザベスだけじゃないもの。ホテルのロビーで会った女の人はどうなの? わたしに見られるかもしれないのに、どうしてあんなところで待ちあわせなんかしたの? あてつけとしか思えないわ」

エーリックの厳しい表情が和らいだ。「あれはほんとうに偶然だよ。ただ間が悪かった。

ひと目きみに会いたくてロビーを一時間以上うろうろしていたんだ。やっときみが現れたと思ったら、ジェーンが金きり声をあげて寄ってきたってわけさ。どこかのリゾートで会った退屈な人だよ」

「でも、あなた、誰かと会う約束をしていると言ったわ」ケリーはためらいがちに言った。

「あれは嘘《うそ》だったんだ」彼はにっこり笑った。

「まあ、エーリック。わたし、なんて言ったらいいのか……。つまらない思いこみでなにもかもめちゃくちゃにして。許してくれる？」

「許すとか許さないの問題じゃない」エーリックはゆっくりと言った。「きみが簡単に誤解をしてしまうことが問題なんだ」

「あなただってきっと同じように思うわ」ケリーは言いはった。

「いや、ぼくはきみを信じている、そこが違うんだよ。どんなにまわりの状況が灰色に近くても、ぼくならきみの言い分を聞くまで待とうと思う。だってきみは嘘をつかないと信じているから」

ケリーは必死で涙をこらえた。「なにもかもぶち壊しね。ごめんなさい、それしか言えないわ。時が過ぎるうちに憎しみも消えるように祈っているけど」

「きみを憎んだことなんかないよ」エーリックはかすれた声で言った。「今でもきみがほしくて苦しいくらいだ」

ケリーは上を向き、露に濡《ぬ》れたスミレのような瞳で彼を見つめた。「どうして？」

「きみのいない人生なんて意味がないことがよくわかったんだ」エーリックは彼女を抱きしめ、キスの雨を降らせた。「すぐ家に帰ろう。でないと、ここできみを押し倒しそうだ」

「ここで待ってて。テーブルに戻って、クルトに帰ることを言ってこなきゃ」

「きみをひとりでは行かせられないよ。ぼくも一緒に行こう」

「お願い、待ってて。クルトがあなたをどう思っているか知ってるでしょう。騒ぎを起こしたくないの」

「それがあいつの望みなら、いつでも受けて立ってやる。前から一度なぐってやりたいと思っていたんだ」

「無茶言わないで。すぐに戻ってくるから。約束するわ」

「いや、ぼくも行く」

強い光を放つエーリックの瞳を見たら、争っても無駄だとわかる。ケリーは祈るような気持ちで先に立ってテーブルに戻った。

「まだケリーにまといつくのか」クルトはエーリックに向かって怒りをあらわにした。

「ケリーはきみとはかかわりあいになりたくないそうだ。いつになったらわかるんだ？」

「きみの思いすごしだろう」エーリックがこともなげに答えた。

「貴族の称号と財産にどんな女性も目がくらむと思っているようだな。だが今度はそうはいかないぞ」クルトは勝ち誇ったように言った。「ケリーはきみには興味がないと言っていたんだ。信じないなら本人にきいてみろ！」

「三人で外に出て話しあいましょう」ヘンリエッタもエミーも耳をそばだてているのに気づいたケリーが、ふたりに言った。

「なにを話すんだ？」クルトはあくまで強気だ。「結婚してくれと言ったら、きみは考えてみると答えたじゃないか」

「それは違うわ！　あなたを愛していないと言ったでしょう。覚えてないの？」

「そのことならもう話しあった」クルトは引きさがらない。「ぼくはかまわないと言っただろう？」

「みじめなやつだ！」エーリックはうんざりしたように言った。「それだけはっきり言われたのに、どう言ったら納得できるんだ？」

「きみに言われる筋あいはない！」クルトは憤然とした。「ぼくが邪魔なんだろう？　そう都合よく引きさがらないからな。どっちがふさわしいかはっきりさせようじゃないか」

エーリックとクルトが向きあってにらみあっていると、マグダがテーブルにやってきた。全部お見通しのような皮肉っぽい笑みを浮かべている。「クルト、あなた、まだケリーを奪いあっているの？　ばかね、エーリックにあげちゃいなさいよ」

クルトは顔をしかめた。「騒ぎを起こすな、マグダ。きみのためにもならないよ。ぼくときみはもう終わったんだ」

「それはもうわたしからはお金を借りないってこと？　がっかりだわ」マグダは嘲《あざけ》るように言った。

「やめろって」クルトはやっきになって言った。「自分の恥をさらすようなものだぞ」

「でも、わたしは少なくとも身分を偽ってはいないもの」マグダはクルトをにらみつけた。

「あなたとケリーはお似あいよ。ふたりともぺてん師なんだから」

「きみの意見は聞いてないよ。帰ってくれないか」

「ええ、この女性についての話が終わったら喜んで帰るわ。この人はあなたより一枚上手よ。結婚してもらえなくてお気の毒だわ。だってこの人ったら、お金持ちでもなんでもないんですもの。それがわかったときのあなたの顔を見てみたかったの」

クルトは眉をひそめた。「なにを言っているんだ？」

「あなたの愛する女性は一文なしなのよ」

「そんなばかな！」

「高いホテルに泊まって一流デザイナーの服を着ているから？　そんなの、見せかけだけよ。どんなぺてん師だってそれぐらいの投資はするわ」

その場に居合わせた全員が唖然《あぜん》とした目で一同を見ている。

ついにエーリックが口を開いた。「きみとクルトのあいだの個人的な問題のようだな。

ケリーを巻きこんだりしないで、ふたりで解決するべきだよ」

怒ったマグダは今度はエーリックにくってかかった。「あなたもお人好《ひとよ》しね。ケリーがどうしてクルトを捨ててあなたにのり換えたかわかる？　お金持ちだからよ。ケリーはお金持ちの夫を探しにウィーンに来た、ただの会社勤めよ」

「それは違うわ」ケリーは言い返した。

だが、クルトはそれも聞かずにマグダをにらみつけている。「宝くじがあたったっていうのは嘘だったのか？」

「あなたは何百万ドルだと思っているんでしょうけど、わたしはどうしても信じられなくて調べてみたの。そうしたらたった五万ドルですって。この調子で使ってたら、そろそろなくなるころね」

クルトはケリーを振り返った。「マグダが言ったのは本当か？」

ケリーは身も凍るような思いだった。みんな驚いてこちらを見ている。でも一番恐ろしいのがエーリックの反応だった。そのびっくりした顔を見ると、彼は気づいていなかったようだ。マグダの言葉を信じたのか、彼は手をさしのべてくれない。

「ぼくの質問に答えてくれ」クルトは繰り返した。

ケリーは乾いた唇を湿らせた。「一等があたったなんて一度も言わなかったわ」

「でもそう思いこませたのはきみだ！　ぼくをだましてコネを利用したんだ。のしあがろうとしやがって！」

やっとエーリックが口を開いた。「クルト、もういい」

エーリックはただの親切心から助け船を出してくれたんだわ。ケリーは彼の顔を見られず、ほかのみんなに向かって説明を始めた。「だますつもりじゃなかったんです。もし思い違いをさせたなら謝ります。みなさんにはとても親切にしていただきました。わたしがほしかったのはみなさんの友情だけです。それだけはわかってください」

そう言うと、ケリーは頭を高く掲げ、人の群れを縫って歩きだした。人々が口々にしゃべりだす声が聞こえるが、足もとめずにドアに向かっていく。

今の思いがけない成りゆきには、呆然《ぼうぜん》とするばかりだった。エーリックの驚いた顔はわたしの胸に一生焼きつくだろう。あれほど信頼を大切にする人だもの。彼の言葉が今でも耳のなかに響いている。〝だってきみは嘘をつかないと信じているから〟という言葉が。

嘘をついたんじゃないわ。ちょっとした誤解だったのよ。でもエーリックは信じてくれるかしら？　もちろん無理よね。これまでマグダの言ったような女性に何度も幻滅してきたんですもの。

それからケリーは意外にも冷静にホテルの部屋まで戻った。アメリカに帰ろう、と彼女は思った。この悲しみを早くのりこえなければ。ケリーはクローゼットの棚の上に置いてあったスーツケースをとりだし、なるべくエーリックのことを考えないように荷物をつめ始めた。いつかこのすばらしいひとときを懐かしく思いだせる日が来るかもしれない。でも今はまだとても無理だ。そのときドアにノックの音がして、ケリーはびくっとした。ドアの向こうで誰かが息をひそめてじっとしている。きっとエーリックだわ。今のような精神状態でまた責められたらどうにかなってしまいそうだ。

「そこにいるんだろう。わかってるんだ」彼の声が聞こえる。「ぼくは帰らないよ。だからあけてくれ」それでも答えずにいると、もう一度彼の声が聞こえた。「わかった。フロア中に聞こえてもいいんだな」

ケリーは急いでドアに駆け寄って、ほんの少しあけた。恥ずかしい思いをするのはもうたくさんだ。「帰って、エーリック。悪かったわ。ほかにどう言ったらいいの？」

エーリックは強引にからだを滑りこませると、後ろ手でドアをしめた。「なんで謝るんだ？　マグダの言ったことが本当だと認めるつもりか？」

「宝くじのことだけは本当よ。使いきれないほどの財産じゃないのは、あなたも知っていると思っていたわ」

「ぼくがそんなことを気にするとでも思っていたのか？」

「だって、あなたを利用するために近づいてくる女性がたくさんいるって言っていたもの」ケリーは低い声で言った。

思いがけないことに、エーリックはくすくす笑いだした。そして氷のように冷えたケリーの手を、大きくて温かい手で包みこんだ。「きみは悪いことのできる人じゃないよ。ぼくにはよくわかる」

「エーリック、あなたとはもう終わりだと思ったのに」ケリーは小さくささやいた。

「ぼくを追い払おうとしても無駄だよ」エーリックは両腕に彼女を抱き寄せた。「いつになったらわかるんだい？」

「みんなにじっと見られて、怖かったわ。クルトは犯罪人扱いするし」

「まったく、クルトのやつめ」エーリックは押し殺した声で言った。「なぐりたかったけど、きみを追いかけるのに急いでいたからな」

「せっかくの舞踏会を台なしにしてしまったわ」ケリーは残念そうに言った。

「ぼくたちふたりでパーティーをしよう」そうつぶやくと、エーリックは彼女をベッドに連れていった。そのとき初めて、彼はスーツケースに気づいた。「これはなに？　本当にぼくを置いていくつもりだったのかい？」

「もう、わたしなんか嫌いになったと思って」

「きみを嫌いになったことなんか一瞬だってないよ」エーリックは心から言った。「これから一生、きみを抱いて過ごすつもりだ」

ふたりの唇が重なる。むさぼるようにキスしながら、エーリックはケリーのドレスを肩から脱がせた。ドレスが滑り落ち、裸の肩と胸があらわになる。

「一生かけてきみを幸せにするよ」エーリックがかすれた声で言った。

「もう今でも幸せよ」ケリーはそう答えて、そっと彼を引き寄せた。

すっかり満ち足りたケリーは、エーリックの髪を優しく撫《な》でていた。「どうして別れるなんて思ったのかしら？」

彼の腕に力がこめられた。「もう離さないよ」

「離れたくないけど、お金持ちの観光客を探しにアメリカへ帰らないといけないの」

「それはまだ先でいいだろう。ビーラントのローンはおりたばかりだ。改築もまだ始めていないんだから」

「どうして知っているの？」ケリーはためらいがちにきいた。

エーリックは視線を合わせないように目をそらしている。「工事のことなら少しは知識があるんだ。そんなにすぐにできるものじゃない」

「そうじゃなくて、ハンス・ビーラントの銀行がお金を融資してくれたことをどうして知っているの？」

「エミーから聞いたのかな」エーリックはケリーの唇に軽くキスした。「ねえ、きみは中華料理みたいだ。一度抱いても三〇分もしたらまたほしくなる」

「あなたがお金を貸してくれたんでしょう？　ビーラントにもほかの銀行にも一度は断ら

れたのよ」

「どこが融資したかがそんなに気になる?」

「ええ。あなたを利用したと思われたくないもの」

「きみが無心したわけじゃない。ぼくがそうしたかっただけなんだ。もちろん、きみならいずれどこかから融資を引きだしてきただろう。だってきみは特別だもの。でも、ぼくもちょっと手助けしたかったんだ」

ケリーは彼の愛情の深さに胸を打たれた。エーリックはけんか別れしたあとも、わたしの幸せを願ってくれていたのだ。

「わたし、どうしたらあなたの厚意に報いられるかしら?」ケリーは涙声になった。

「こんなに幸せだったのは初めてだ」エーリックは彼女を腕のなかに引き寄せた。「婚約期間が長いのはよくないと思うんだ。ぼくはあんまり辛抱強くないからね」

これが幸せなのね。ついに夢がかなった、とケリーは思った。「カリフォルニアにハネムーンはどう?」

「公爵夫人のお望みどおりに」エーリックが愛をこめて答える。

少しずつ心に広がっていく喜びに浸りながら、ケリーは瞳をきらきら輝かせて彼を見つめた。「一等にあたったみたいだわ」そうつぶやくと、両腕をエーリックの首に巻きつけた。

●本書は、1994年11月に小社より刊行された作品を文庫化したものです。

プレイボーイ公爵

2023年12月15日発行　第1刷

著　　者／トレイシー・シンクレア

訳　　者／河相玲子（かわい　れいこ）

発 行 人／鈴木幸辰

発 行 所／株式会社ハーパーコリンズ・ジャパン
東京都千代田区大手町 1-5-1
電話／03-6269-2883（営業）
0570-008091（読者サービス係）

印刷・製本／中央精版印刷株式会社

表紙写真／© Dimabl | Dreamstime.com

ISBN978-4-596-53110-0